Hermes
Eros
Atenea

Geronimo Stilton

Los mayores mitos griegos

Queridos amigos roedores:

Debéis saber que mi pasión por la lectura empezó hace mucho tiempo, cuando era pequeño. Me pasaba horas y horas leyendo novelas preciosas que me hacían vivir fantásticas aventuras y conocer lugares lejanos y misteriosos. ¡Qué gran verdad es esa de que leer da alas a la imaginación!

Así que he pensado contaros las obras maestras de la literatura infantil para que sintáis las mismas emociones que sentí yo hace años.

Las peripecias legendarias de los dioses y los héroes de la mitología griega, en pugna con monstruos y criaturas fantásticas, siempre me han fascinado. Algunas son divertidas; otras, intrigantes; ¡otras hacen que los bigotes te vibren de emoción! Y todas nos enseñan algo sobre la lealtad, la valentía, la amistad, el ingenio... ¡Son historias antiguas que se pueden leer y releer sin cansarse nunca de ellas!

Geronimo Stilton

Textos de Geronimo Stilton
Coordinación de textos de Margherita Banal *y* Giulia Zanrosso para Atlantyca S.r.l.
Colaboración en los textos de Sarah Rossi
Coordinación del proyecto Geronimo Stilton *de* Patrizia Puricelli
Coordinación editorial de Maria Ballarotti
Edición y maquetación de Studio Editoriale Fuoriregistro
Dirección de edición de Veronica Fantini
Gráfica y coordinación artística de Sara Storari
Gráfica de cubierta de Daria Colombo
Coordinación artística de Lara Martinelli
Ilustración de cubierta de Alessandro Muscillo *(dibujo) y* Christian Aliprandi *(color)*
Ilustraciones de la historia de Giuseppe Ferrario *(dibujo) y* Rebecca Lisotta *(color)*
Idea original de Elisabetta Dami

Título original: *I più grandi miti greci*
© de la traducción: Miguel García, 2024

Destino Infantil & Juvenil
infoinfantilyjuvenil@planeta.es
www.planetadelibrosinfantilyjuvenil.com
www.planetadelibros.com
Editado por Editorial Planeta, S. A.

Primera edición: febrero de 2024
ISBN: 978-84-08-28088-0
Depósito legal: B. 890-2024
Impreso en España

El papel de este libro procede de bosques gestionados de forma sostenible y de fuentes controladas.

Geronimo Stilton

Los mayores mitos griegos

DESTINO

Hace más de dos mil años, cantores y poetas viajaban por la Grecia antigua contando historias emocionantes, que se transmitían oralmente de generación en generación.

Narraban las peripecias de héroes valientes y monstruos tenebrosos, hablaban de mágicas criaturas y grandiosas aventuras.

Narraban también los viajes más trepidantes, las astucias más asombrosas, las proezas de los mortales y los misterios de los dioses...

¡Todo esto y mucho más son los mitos griegos!

ZEUS

El nacimiento de Zeus

Cuenta el mito que en el amanecer de los tiempos, en el origen de todo, el mundo no existía.

No había tierra y cielo, ni sol y luna, ni plantas y océanos. No existían siquiera los seres MORTALES. Solo había un gran caos hecho de nada, suspendido en un vacío infinito.

Hasta que de aquella nada SURGIÓ Gea, la Madre Tierra, capaz de dar la vida.

Gea miró a su alrededor y pensó en crear un mundo **rico** y vivo.

Decidió, en primer lugar, dar forma al cielo, y lo llamó Urano.

Cuando Urano la envolvió en un abrazo cariñoso, Gea se **sonrojó**, y así fue como nació el primer ocaso.

Urano sacudió entonces su capa y esparció una estela de estrellas luminosas.

Luego creó la lluvia, que regó la tierra y dio origen a montes, valles, prados de hierba y ríos cristalinos, grandes lagos y profundos mares.

Por su parte, Gea moldeó a las aves, los animales **salvajes** y los insectos.

El mundo crecía, hervía de vida para entonces.

Gea deseaba que la tierra estuviese habitada y, con Urano, generó muchos hijos.

Pero, como la tierra y el cielo eran enormes, **DESMESURADOS**, también sus hijos lo fueron.

Primero nacieron doce titanes, seis varones y seis hembras. Luego, tres cíclopes, gigantes con un solo **OJO**. Por último, tres centimanos, dotados de cien brazos y cincuenta cabezas.

Cuando vio a los cíclopes y a los centimanos, Urano se alarmó: aquellos hijos suyos eran ESPANTOSOS y tenían una fuerza extraordinaria. ¿Qué sería de él si se rebelaban?

—¡Deberías querer a nuestros *hijos* sin tenerles miedo! —lo reprendía la Madre Tierra.

De todos modos, en el ÁRIDO corazón de Urano no había lugar para el amor.

Movido por el miedo a que un día sus hijos lo destronaran, arrojó a los cíclopes y a los centimanos al lugar más oscuro y profundo de la **TIERRA**: el Tártaro. Allí abajo, los encadenó e hizo que los vigilara día y noche la monstruosa Campe, una criatura mitad anciana y mitad dragón, con una melena de serpientes y dos espadas envenenadas.

En cuanto lo descubrió, Gea se encolerizó: ¿cómo había osado Urano **APRISIONAR** a sus hijos? Furibunda, reunió a los titanes. Pero incluso a ellos, tan fuertes y **PODEROSOS**, Urano les infundía un gran temor.

Tan solo Cronos, el más astuto, reunió el valor suficiente.

—¡Lo haré yo, madre! —prometió—. ¡Liberaré a mis hermanos y castigaré a nuestro padre por su crueldad!

Y así, una **NOCHE**, mientras Urano dormía en su inmenso lecho de estrellas, Cronos escaló el cielo y llegó hasta él. Con un salto, lo golpeó y lo expulsó de la bóveda celeste.

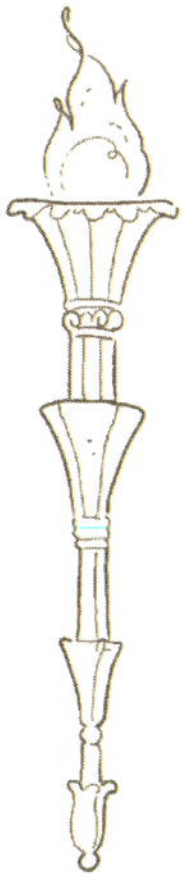

Cuando Urano se despertó, para él era tarde: ¡uno de sus hijos lo había **DERROTADO**!

—¡Ah, traidor! ¡Algún **día** tú también serás expulsado por la sangre de tu sangre! —tronó Urano un instante antes de precipitarse.

Y de ese modo terminó su REINADO y Cronos ascendió al trono del cielo.

Puesto que deseaba tener una compañera, eligió por ESPOSA a la titán Rea.

Pero cuando su mujer le anunció que iba a ser padre, volvieron a su mente las últimas palabras de Urano.

¡Cronos, señor del tiempo, no quería correr el RIESGO de que en el futuro uno de sus hijos lo destronara!

Por eso, en cuanto su primogénito vino al mundo, él lo engulló entero. Y lo mismo hizo una vez tras otra con todos los hijos que iban naciendo. En cada ocasión, la pobre Rea lloraba DESESPERADA.

Un día, al descubrir que esperaba un nuevo hijo, la titán decidió que lo salvaría a toda costa. Buscó en secreto un lugar lejano, seguro e inaccesible para criar al pequeño.

Luego ideó una estratagema para engañar a su marido. Cuando llegó el momento de dar a luz a su hijo, Rea encontró un ESCONDRIJO.

Nació así un hermoso bebé rollizo y fuerte, el más fuerte que se había visto nunca.

La titán lo llamó Zeus, lo besó en la frente con ternura, lo envolvió en un suave paño y, con el *corazón* henchido de emoción, se lo entregó a Gea, la Madre Tierra, que fue muy feliz al cogerlo en sus brazos.

ESTRECHÁNDOLO contra su pecho, Gea viajó hasta el lugar que Rea había preparado para el pequeño: una cueva escondida en el monte Ida, en la isla de Creta.

Aquel lugar era pacífico y próspero, cubierto por un manto de verdes BOSQUES y flores silvestres.

Allí, Gea dejó a Zeus en manos de las ninfas de la montaña, criaturas amables y atentas.

—¡Guardaremos el secreto, Gea! —prometieron las ninfas—. ¡Lo criaremos con amor y lo protegeremos de todo peligro!

Con las ninfas vivía también una cabra, blanca como una NUBE. Su nombre era Amaltea y su leche proporcionaba fuerza y valentía.

Mientras tanto, muy lejos de la cueva y del pequeño Zeus, Cronos esperaba con impaciencia para ENGULLIR a su nuevo hijito. Pero esa vez, en lugar del recién nacido, Rea le entregó un pedrusco envuelto en un hatillo.

Sin mirarlo siquiera, Cronos lo engulló entero, aunque le costó tragárselo.

—¡Este PESABA más que los otros! —dijo.

Sin que el padre lo supiera, Zeus creció en la isla de Creta alimentándose de leche y miel, al cuidado de las ninfas y de la cabra Amaltea.

El nacimiento de Zeus

Con el paso de los años, el **muchacho** se volvía cada vez más fuerte y desarrollaba poderes extraordinarios.

Su madre iba a verlo cuando podía y le contaba todo sobre su padre Cronos y sus muchos hermanos, atrapados en la barriga del dios.

Así que, cuando fue lo bastante grande y **PODEROSO**, Zeus se presentó ante Cronos, decidido a enfrentarse a él.

El titán había envejecido: ya no tenía el aspecto invencible de otros tiempos, estaba débil y recelaba, atormentado por la **soledad**.

Al percatarse de la presencia de aquel invitado inesperado, Cronos **entornó** los ojos. ¡No lo conocía, pero tenía un aire muy familiar!

—¿Quién eres? —le preguntó.

Zeus se adelantó con la barbilla alzada en señal de **desafío**.

—Vengo a visitar al señor del tiempo —respondió, sin revelar su identidad—. Traigo como obsequio una bebida prodigiosa capaz de devolverte la energía perdida.

Dicho aquello, Zeus alzó una copa de ORO y se la ofreció al viejo titán.

Solo de pensar en que recuperaría las fuerzas, Cronos se animó. Fue precipitadamente hasta Zeus, le ARREBATÓ la copa de las manos y bebió ávidamente. Pero el prodigio que sucedió no era el que Cronos se esperaba.

TERRIBLES náuseas sacudieron al titán, que empezó a vomitar el contenido de su vientre.

De su boca salió primero el PEDRUSCO envuelto en el hatillo, luego uno de sus hijos, luego otro y otro más.

Uno a uno, todos los hermanos de Zeus fueron *apareciendo* por la boca abierta de par en par de Cronos: Poseidón, Deméter, Hades...

Cronos se los había tragado enteros sin hacerles ni un rasguño y con el tiempo los pequeños recién nacidos habían crecido dentro de su BARRIGA. Cuando reaparecieron ante su padre, se habían transformado en divinidades dotadas de inmensos poderes.

Exhausto y derrotado, Cronos se derrumbó en el suelo. Dirigió la mirada al pedrusco envuelto en el hatillo y luego a Zeus. Comprendió entonces que este también era hijo suyo.

¡Ah, Rea lo había engañado! Le había sustraído al que era su heredero más poderoso y **PELIGROSO**, al que había criado quién sabía dónde, ¡y ahora él había regresado para reclamar el trono del mundo! ¡Qué tremenda desgracia!

El nacimiento de Zeus

Y así fue como las palabras de Urano se hicieron realidad y llegó a su FIN el reinado de Cronos.

Zeus estableció su corte en el monte Olimpo, entre las nubes del cielo, y les pidió a sus hermanos que se unieran a él.

Pero, antes de eso, bajó a las OSCURAS profundidades del Tártaro y liberó a los cíclopes y los centimanos, prisioneros desde hacía demasiado tiempo. En agradecimiento, los cíclopes lo obsequiaron con el rayo.

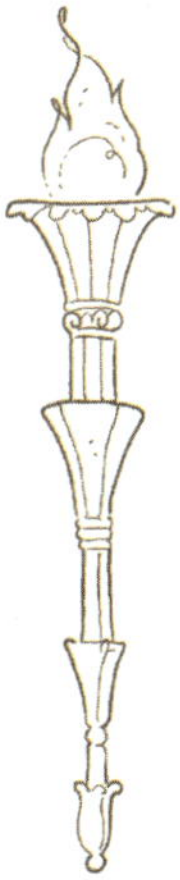

Desde aquel día, cuando los mortales ven resplandecer un relámpago u oyen retumbar un trueno, saben que son señales de la presencia de Zeus, señor del Olimpo.

... POSEIDÓN ...

Poseidón y Escila

El mundo era demasiado grande para que lo gobernara una sola DIVINIDAD. Zeus lo sabía bien, así que confió el reino de los mares a su hermano Poseidón y el reino del subsuelo a su hermano Hades. El dominio sobre el cielo y la tierra lo retuvo para sí. Poseidón amaba el mar e, IMPACIENTE por establecerse en su nuevo reino, nadó hasta las profundidades del océano. Se forjó una corona y un TRIDENTE de oro e hizo erigir un magnífico palacio. Sus agujas y las columnas de madreperla relucían ostentosamente entre las sombras de los abismos.

Poseidón convocó luego a todas las criaturas del mar y les pidió obediencia.
Ante él se inclinaron delfines, tiburones de dientes afilados, pulpos de largos tentáculos, tortugas y ballenas... ¡El pueblo entero del océano prometía fidelidad al nuevo soberano!
Para ser verdaderamente *feliz*, a Poseidón solo le faltaba una reina que se sentara a su lado. Aunque en realidad él ya se había fijado en una ninfa marina de extraordinaria belleza. Su nombre era Anfítrite.
Tras un largo cortejo, Poseidón consiguió **conquistar** su corazón y hacerla su esposa. Ambos se amaron tiernamente y dieron vida a tres hijos: la apacible Bentesicima, diosa de las olas; la inquieta Cimopolia, diosa de las tormentas; y Tritón, que tenía la parte inferior del cuerpo como la de un pez.

Poseidón y Escila

El rey y la reina de los mares vivieron felices durante largos años. Después, un encuentro improviso arruinó su *armonía*.

Un día, Poseidón se cruzó con una joven ninfa de las aguas que nunca había visto. Tenía una **LARGA** cabellera, ojos avispados y sonrisa de despreocupación. Se llamaba Escila, y Poseidón se enamoró de ella al instante.

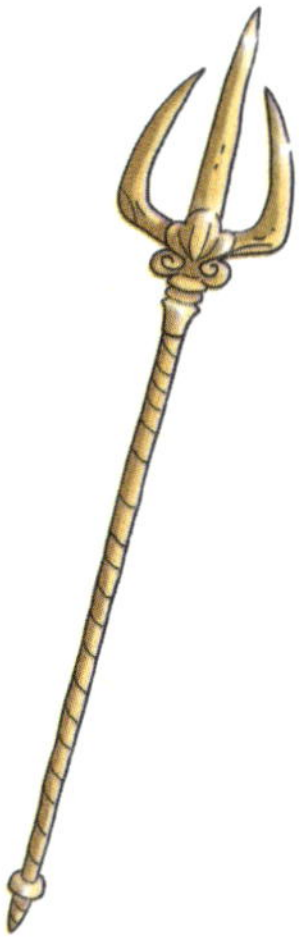

Tras un primer momento de timidez, también Escila se dejó cautivar por el FASCINANTE señor de los océanos.

Su amor fue arrollador y, extasiado con aquel sentimiento, Poseidón pasaba cada vez más tiempo con la bella Escila, olvidándose de su mujer y sus hijos.

Anfítrite descubrió el engaño y su corazón se **INFLAMÓ** de celos.

La reina del mar, entonces, le pidió ayuda a Circe, una maga que era capaz de hacer ENCANTAMIENTOS prodigiosos. Circe escuchó su petición y preparó para ella una poción de hierbas.

—Viértela en las aguas en las que suele bañarse Escila —le dijo con una *sonrisa* de astucia.

—¿Y de qué forma me restituirá el amor de mi marido? —le preguntó Anfítrite con aprensión.

La maga solamente contestó:

—Ya lo verás. Mis pociones son **infalibles**.

Aquel mismo día, Anfítrite se dirigió a la fuente donde Escila tenía la costumbre de *refrescarse*. Con cuidado para no ser vista, vertió el filtro mágico en las aguas claras y se escondió, intrigada por saber lo que sucedería.

En cuanto la joven ninfa metió un pie en la fuente, un *remolino* la envolvió.

La furia de las aguas se desencadenó durante largo rato y, cuando la superficie volvió por fin a la calma, en lugar de la preciosa Escila había un terrible monstruo marino con seis cabezas de PERRO y doce patas en forma de serpiente. Escila se contempló en el agua y se horripiló frente a su imagen reflejada.

—¡Ah, qué horror! ¡Si Poseidón me viese así, huiría aterrorizado! —gimió.

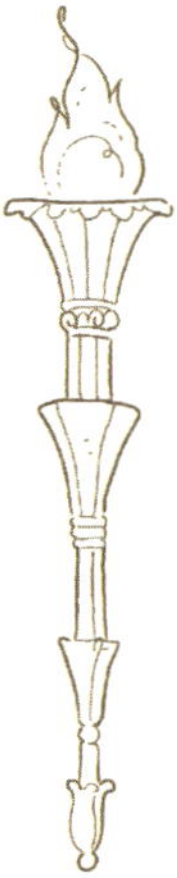

Desesperada, escapó hasta los confines del OCÉANO para ocultarse de la mirada de los mortales y de los dioses.

Cuando finalmente Poseidón se dio cuenta de su DESAPARICIÓN, se puso a buscarla a lo largo y a lo ancho de los abismos marinos.

—¡¿Dónde estás, mi dulce Escila?! —gritaba.

Pero ella, bien escondida bajo dos ALTOS

acantilados, no tenía intención alguna de dejarse encontrar. Así que, al no verla reaparecer más, el rey del mar se **resignó**.

Volvió con Anfítrite, su querida mujer, que lo había esperado durante todo aquel tiempo, y de la joven ninfa no conservó ni siquiera el **RECUERDO**.

Desde entonces, Escila busca en vano aplacar su dolor **aterrorizando** a los marineros que por equivocación pasan junto a su escondite y condenando al naufragio a sus barcos.

... ATENEA ...

Prometeo y el fuego

Los dioses reinaban en el mundo desde hacía ya mucho *tiempo*, pero, como en el mundo no vivía nadie, no tenían mucho que hacer... Además, Zeus se había dado cuenta de que la tierra permanecía estéril si nadie la araba, **sembraba** y cultivaba.

Pensó entonces en crear una estirpe mortal para que poblase el mundo y lo hiciera **fértil**, así los dioses podrían gozar de sus frutos.

Satisfecho con su idea, decidió encomendarle aquella difícil tarea al joven titán Prometeo, el pupilo más brillante de Atenea, diosa de la sabiduría, las artes y la guerra.

Prometeo y el fuego

Fantasioso y dotado de extraordinaria inventiva, Prometeo absorbía las lecciones de Atenea como la tierra árida absorbe la lluvia. Matemáticas, astronomía, arquitectura, medicina, metalurgia o navegación, ninguna MATERIA escapaba a su curiosidad y cada una alimentaba su mente con igual pasión.

Atenea estaba especialmente ORGULLOSA de él, por eso Zeus no tuvo dudas en la elección.

—¿Qué aspecto deberán tener esos mortales? —le preguntó Prometeo al señor de los dioses.

—Semejante al nuestro, naturalmente. ¡No existe uno mejor! Solo tendrán que ser un poco más pequeños que los dioses, porque HABITARÁN la tierra —respondió convencido Zeus.

Impaciente por comenzar, Prometo descendió del Olimpo y se dirigió a un río.
Allí cogió arcilla de las márgenes y se puso manos a la obra inmediatamente.
Primero moldeó la cabeza, luego el tronco, los brazos, las piernas, las manos, los pies e incluso los dedos y las uñas.
Al final, el titán retrocedió un paso y contempló su *obra*. Allí estaba, pues: ¡el primer habitante de la tierra!
A continuación se puso a moldear a otro. Prometeo estaba muy **orgulloso** de lo que estaba haciendo, pero a sus creaciones, frías e inmóviles como estatuas, todavía les faltaba algo: el don de la vida. Y esta solo podía infundirla el **GRAN** Zeus.
Cuando el rey del Olimpo volvió a donde trabajaba Prometeo y asistió complacido a los últimos **RETOQUES**, dio su aprobación.

—¡Excelente, Prometeo! ¡Tus criaturas no pueden ser más HERMOSAS!

—Pero están inanimadas... —objetó el titán.

—¡Ah, eso lo remediamos enseguida! —replicó el señor de los dioses.

Abrió luego una mano y le mostró una fogosa llama, *caliente* y luminosa.

Prometeo comprendió que provenía del gran fuego que se conservaba en el Olimpo.

—Con esta llama, tus **ESTATUAS** cobrarán vida. ¡Acércasela! —le dijo Zeus.

El otro obedeció y, ante sus ojos, tuvo lugar el más increíble de los prodigios.

Poco a poco, las dos estatuas empezaron a moverse. Primero agitaron los brazos y luego las piernas, abrieron **DESPACIO** los ojos, miraron a todas partes y descubrieron que estaban vivas. Desde aquel día, la tierra comenzó a **poblarse** de seres mortales.

De los dos primeros mortales nacieron muchos hijos, que a su vez crecieron y tuvieron más hijos, y así una y otra vez, hasta que

muchos pueblos se dispersaron por todo el mundo.

Prometeo les había tomado mucho cariño a sus criaturas y, para hacerlas aún más semejantes a él, les otorgó inteligencia y MEMORIA. Luego les enseñó a cultivar los campos, a criar ganado y a orientarse con las estrellas.

Gracias al trabajo de los mortales, la tierra experimentó un gran CAMBIO: las llanuras sin cultivar se transformaron en campos fértiles y los bosques selváticos en exuberantes huertos de frutales.

Prometeo observaba aquellos PROGRESOS y sonreía con orgullo. ¡Qué voluntariosos eran!

Tenían buen corazón, se ayudaban entre sí y siempre se les ocurrían nuevas IDEAS.
El titán empezó a pasar más tiempo en su compañía. Quería que fuesen felices y *compartía* con ellos lo que había aprendido de Atenea: a trabajar los metales o navegar por el mar.
Con esas **valiosas** dotes, los mortales se volvían más ingeniosos, astutos e independientes.
Desde lo alto del monte Olimpo, Zeus empezó a **enojarse**. Había poblado el mundo para poder gozar, junto con los otros dioses, de los frutos de la tierra, ¡no para ver cómo sus habitantes se convertían en seres tan cultos e instruidos como las divinidades!

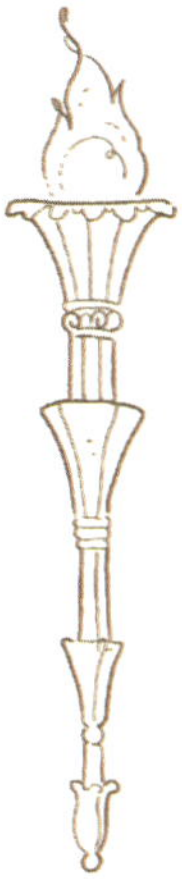

¡Los mortales eran inferiores a los dioses y nadie debía OLVIDARLO jamás!
Conforme pasaban los días Prometeo parecía sentir más apego por aquellas criaturas...
¡¿Las querría más que al mismísimo Zeus?!

El señor de los dioses no toleraría nunca, nunca jamás, una afrenta así. Irritado, decidió poner a prueba la lealtad del titán. Organizó un gran banquete, al cual invitó a Prometeo y a todos los mortales.

El titán estaba *entusiasmado*, ¡por fin Zeus mostraba interés por sus criaturas!

Antes de que comenzara la fiesta, sin embargo, Zeus lo mandó llamar y le pidió algo:

—Escúchame, Prometeo. En el **BANQUETE** se servirá un buey. Quiero que seas tú el que distribuya la carne entre los mortales y yo.

—¿En partes **IGUALES**? —preguntó el titán.

—En partes iguales —le confirmó Zeus—. Obviamente, ambos sabemos que no todas las partes son realmente iguales. —Dicho lo cual, precisó—: Algunas son más preciadas y sabrosas... Tú tendrás que elegir en justicia. ¿Me has entendido?

El titán asintió, un tanto inseguro. La intención de Zeus estaba clara: quería que le demostrara su lealtad reservándole las partes más sabrosas.

Prometeo no estaba de acuerdo. Consideraba que los mortales eran inteligentes y laboriosos, ¡sería injusto ofrecerles los descartes!

Tras reflexionar largo rato, Prometeo trazó un plan digno de su ASTUCIA.

Fabricó dos sacos: en uno metió toda la carne del buey y la tapó con el insípido estómago; en el otro metió los huesos y los tapó con grasa suculenta.

Luego se presentó ante Zeus y le pidió que escogiera él mismo el saco que prefería.

Complacido, Zeus cogió aquel del que asomaba la grasa y dio inicio al banquete. Acompañados de las *dulces* notas de los músicos de cítara, los mortales entraron de puntillas en la inmensa sala de la cumbre del Olimpo. Admiraron con los ojos DESORBITADOS las relucientes paredes de oro y se sentaron con emoción a la gigantesca mesa ya puesta. Pero, en cuanto Zeus dio el primer mordisco, la música cesó de golpe y en la gran estancia celeste **resonó** solamente su ira.

—¡Prometeo! ¿Cómo te atreves a ofrecer un saco de descartes al señor de los dioses? —tronó—. Pues bien, puesto que amas a estos mortales hasta el punto de reservarles la ***mejor*** comida, establezco que de ahora en adelante ellos puedan disponer de toda la carne que deseen. A cambio, ¡ya no tendrán ningún fuego para cocinarla!

De ese modo se les privó a los habitantes de la tierra del beneficio del FUEGO. Sin él, ya no podían cocinar, calentarse, iluminar sus casas... ¡Y muy pronto el mundo se sumió en la más profunda oscuridad! Desde el Olimpo, Prometeo, ATORMENTADO por el sentimiento de culpa, observaba a sus criaturas rodeadas de tinieblas.

Un día no aguantó más y decidió intervenir: sin que Zeus se enterara, robaría el fuego para devolvérselo a los mortales.

Así, una noche escaló en secreto el monte Olimpo, fue hasta el carro del sol, que guardaba las brasas ardientes, y encendió con él una antorcha. La llama brotó alegre y chisporroteó.

Luego se apresuró a llevarles el fuego a los mortales. Les enseñó cómo encenderlo y

mantenerlo vivo, y también cómo apagarlo. Cuando Zeus descubrió lo sucedido, su rabia hizo temblar la tierra y el cielo... Y su venganza no tardó en llegar.

Con un rayo potentísimo, arrojó a Prometeo a la peña más alta del mundo, en la región del Cáucaso, y allí lo ENCADENÓ.

Luego ordenó a un águila que lo torturara día y noche, sin darle tregua, por toda la ETERNIDAD.

Este es el castigo al que está sometido Prometeo por haberse atrevido a engañar al poderoso Zeus.

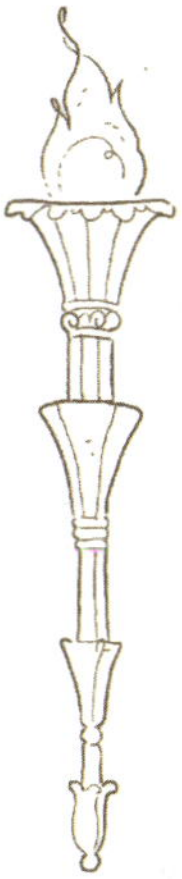

HEFESTO

La caja de Pandora

Aunque hubiese descargado su IRA contra Prometeo, Zeus aún no se sentía satisfecho: deseaba castigar a los mortales.

Le ordenó a Hefesto, dios del fuego y HERRERO de los dioses, que forjara a una muchacha.

—¡Que sea bella! —le pidió—. ¡La más bella que se haya visto nunca en el mundo!

En su fragua abrasadora y caótica, Hefesto refunfuñó algo incomprensible, pero luego se encogió de hombros y se puso a trabajar.

Era un dios **poco agraciado** y de pésimo carácter, pero también era un herrero excepcional y un escultor de talento incomparable.

Solo por eso Zeus se mostraba dispuesto a tolerar su temperamento ARISCO.

Las enormes manos llenas de callos de Hefesto comenzaron entonces a moverse rápidamente y esculpieron a una joven de una belleza tal que hasta su creador se quedó cautivado.

Cuando la obra estuvo completada, el señor de los dioses felicitó al herrero:

—¡Ah, Hefesto, esta vez te has superado de verdad! ¡He aquí el maravilloso castigo para los seres mortales!

Llamó luego a los vientos del Olimpo para que le infundieran vida a aquella criatura y a continuación convocó a todos los dioses para que le ofrecieran sus dones.

Afrodita, reina de la belleza, le dio el poder de fascinar y el encanto; Apolo, dios del sol y de la música, le confirió el talento para este

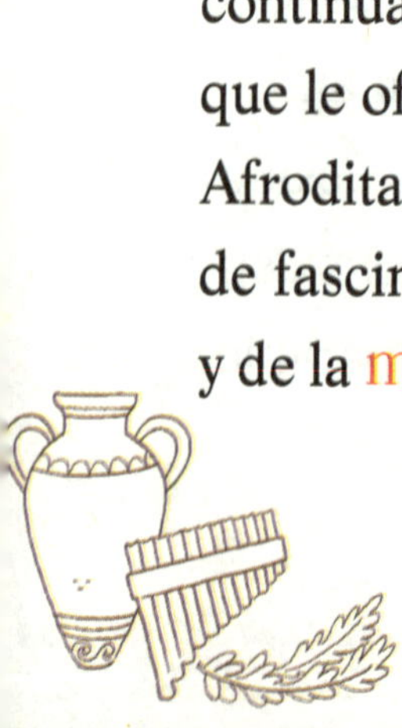

arte; Hermes, el mensajero de los dioses, le regaló la astucia; Atenea la vistió y le ajustó un valioso cinturón al talle; las jóvenes Cárites y la anciana Persuasión la adornaron con collares y joyas; las Horas le pusieron una corona de flores que no se marchitaba nunca.

Por último, Zeus le otorgó un carácter muy, muy CURIOSO y la llamó Pandora, que significa «todos los dones».

Ataviada como una reina, la espléndida muchacha miró a su alrededor con timidez.

—No temas, querida —la tranquilizó Zeus—. ¡El destino que te espera es extraordinario!

Tras lo cual, la condujo hasta el titán Epimeteo, hermano de Prometeo, que vivía en un majestuoso palacio, en la tierra.

—¡Esta será tu ESPOSA! —le anunció.

Epimeteo no protestó. Después de lo que le había ocurrido a su hermano, ¡sabía bien lo PELIGROSO que podía ser desobedecer a Zeus! Además, ¡Pandora era el ser más fascinante que había visto en su vida!

Como regalo de bodas, el rey del Olimpo le entregó a la pareja una REFINADÍSIMA caja.

—¿Qué contiene? —preguntó enseguida la mujer. La chispa de la curiosidad ya se había encendido dentro de ella.

—No puedo decírtelo —le contestó sonriendo Zeus—. Pero seguid mi consejo: no debéis abrirla nunca, ¡por ninguna *razón*!

Pasaron los meses y Epimeteo demostró ser un marido cariñoso, mientras que Pandora pensaba que el destino había sido muy generoso con ella. Sin embargo, algo perturbaba su *serenidad*: el pensar en aquella misteriosa caja que no podía abrir.

¡Ah, quién sabía cuántos dones podían estar encerrados allí! Tal vez pudiera echarle un vistacito... Solo uno, brevísimo, y nadie se daría cuenta.

Así que aquella curiosidad fue **creciendo** poco a poco, hasta que Pandora ya no pudo resistirse.

Aprovechando la ausencia de Epimeteo, fue con sigilo hasta la preciosa caja y, con manos temblorosas, levantó la TAPA.

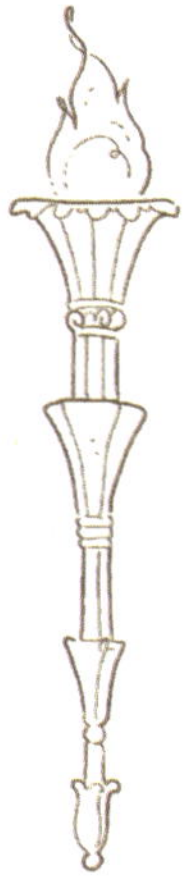

Fue un tremendo error: inmediatamente, un espantoso tornado de vientos, gritos, llantos y terribles lamentos invadió la estancia.

¡La caja contenía la enfermedad, el cansancio, el dolor y todos los aspectos *negativos* de la vida, que hasta entonces los mortales no conocían!

Asustada, Pandora se apresuró a cerrar la tapa, pero era demasiado tarde: los males del mundo se habían propagado por toda la tierra y ya nada podría ERRADICARLOS.

Desde lo alto del Olimpo, Zeus se frotó las manos COMPLACIDO, ¡por fin los mortales habían recibido el castigo que se merecían!

Sin embargo, no todo estaba perdido.

Cuando Pandora, deseosa de encontrar un remedio a su acción, entreabrió de nuevo la caja, se dio cuenta de que en el fondo había un último espíritu, que solo entonces surcó el aire.

Se trataba de la esperanza, que fue a ocupar su lugar entre los habitantes de la tierra.

HERMES

Deucalión y Pirra

A ojos de Zeus, no todos los mortales eran iguales. Deucalión y Pirra, príncipe y princesa de la Tesalia, ocupaban un LUGAR de honor.

Eran dos cónyuges ancianos sin hijos y vivían en un palacio muy modesto en Ftía, a los pies del monte Parnaso. Siempre habían gobernado con sabiduría, justicia y templanza, mostrándose **generosos** con los habitantes de la tierra y respetuosos con los dioses.

Desde la cumbre del Olimpo, el señor de los dioses los observaba con aprobación, ¡solo ellos vivían de forma **VIRTUOSA**!

En cambio, los demás seres vivos, que se habían vuelto cultos y refinados gracias a las enseñanzas de Prometeo, habían dejado de comportarse con justicia.
Sintiéndose iguales a los dioses, descuidaban sus deberes hacia la tierra y el cielo.
Soberbios, arrogantes y mezquinos, hacían estallar guerras sin cesar. Por su culpa, el mundo estaba a un paso de su completa DESTRUCCIÓN.
Exasperado, Zeus convocó a todos los dioses en la sala celeste de la cumbre del Olimpo y les comunicó su decisión: ¡los mortales serían barridos de la tierra! Los **sumergiría** bajo la lluvia del cielo y las aguas del mar y de los ríos.
Enseguida Notos, el tremendo e IMPETUOSO viento del sur, se alzó de su asiento y voló en dirección a las nubes. Las apretó con fuerza entre sus manos, haciendo que estallaran fragorosos temporales.

Luego fue el turno de Poseidón, el rey de los mares, que reunió a los ríos.

—¡ROMPED las presas y desatad vuestras corrientes! —les ordenó—. ¡Arrastrad todo lo que encontréis a vuestro paso y **cubridlo** todo!

En poco tiempo, el agua cubrió la tierra e inundó ciudades y montañas, ÁRBOLES y palacios, llevándose consigo a pobres y ricos, a mendigos y reyes. Nadie sobrevivió a aquella furia. O, para ser exactos, casi nadie.

Deucalión y Pirra fueron los únicos mortales que se salvaron. A los dos ancianos cónyuges, respetuosos con las divinidades, les correspondía la tarea de fundar una nueva estirpe de mortales.

Fue Hermes, el mensajero de los dioses, quien los avisó del destino que los aguardaba.

Con las sandalias aladas, que le permitían volar rápido y ligero como una gaviota, había ido a su palacio antes de que las aguas sumergieran el mundo.

—Un DILUVIO se abatirá sobre la tierra —les anunció—. Solo os libraréis si hacéis lo que Zeus os ordena: construid una barca y llenadla con lo necesario para unos días.

Aquella noticia dejó consternados a ambos ANCIANOS, pero no se atrevieron a preguntar nada. ¡Harían lo que Zeus ordenaba! A toda PRISA, Deucalión había construido la barca y había subido a bordo con su mujer. ¡Por los pelos! Justo en aquel momento, la tierra se vio envuelta en tinieblas, el viento empezó a soplar y se desencadenó el huracán.

Deucalión y Pirra se abrazaban temblorosos mientras las corrientes lo arrollaban todo. La embarcación era pequeña, pero resistente. Flotaba balanceándose como una cáscara de nuez, en un maremágnum de olas espumosas. A veces se hundía, pero, cuando parecía que la fuerza del mar iba a derrotar a aquella barquichuela, enseguida volvía a la superficie. Pasados nueve días, la lluvia cesó por fin y la barca arribó a TIERRA FIRME.

Las aguas comenzaron a retirarse hasta sus orillas. Afloraron de nuevo las llanuras, las montañas y las copas de los árboles. Las olas dejaban atrás un GRAN desierto de piedras. Deucalión y Pirra, los únicos mortales que habían sobrevivido a la furia de Zeus, desembarcaron con alivio. Emocionados, miraron a todas partes, pero ante ellos solo había una extensión de ruinas.

Sin embargo, reconocieron la cumbre del monte Parnaso, tan **familiar** para ellos.

Se encaminaron por el valle y, al cabo de poco, encastrado en la roca como una **preciada** gema, vieron aparecer ante sus ojos el templo de Temis, diosa de la justicia.

Ansioso de conocer el futuro, Deucalión consultó el oráculo:

—Dinos, ¿cómo podemos nosotros dos repoblar la tierra?

Pero la respuesta fue **enigmática**:

—¡Salid del templo y tirad por encima del hombro los huesos de la Gran Madre!

Solo tras reflexionar un poco Deucalión lo comprendió:

—¡La Gran Madre debe de ser la tierra!

—Pues entonces los **HUESOS** de la tierra son... ¿las piedras?

Los dos recogieron una gran cantidad de piedras y, **caminando** uno al lado del otro, fueron arrojándolas hacia atrás.

Sucedió entonces el más increíble de los PRODIGIOS. En cuanto tocaban el suelo, las piedras se volvían blandas y maleables. Y después, poco a poco, ¡se TRANSFORMABAN en seres semejantes a ellos!

Y así fue como Deucalión y Pirra repoblaron la tierra y, bajo la mirada **benévola** de Zeus, le enseñaron la justicia y la honradez a la nueva estirpe de mortales.

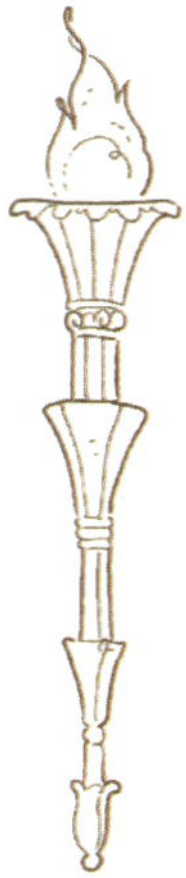

... HADES ...

Hades y Perséfone

En los albores del mundo, las hoy conocidas ESTACIONES no existían en absoluto. El SOL y la lluvia se alternaban por igual durante todo el año, las hojas no amarilleaban porque no había otoño, y la nieve no caía del cielo porque el invierno no llegaba nunca. Era Deméter, la diosa de los sembrados y las cosechas, la que cuidaba de la naturaleza. Era ella la que hacía asomar las yemas en las ramas y los brotes en la tierra, la que hacía abrirse las flores, la que pintaba de rojo las manzanas maduras y de amarillo las espigas de trigo.

Pero lo que más amaba Deméter era a su hija Perséfone, una muchacha tímida y dulcísima a la que le encantaba cantar, correr por los prados y entrelazar coronitas de flores.

La madre la llevaba siempre consigo para enseñarle sus secretos y nunca la perdía de vista. En el fondo, todavía era muy joven y no conocía los peligros que podía esconder la naturaleza.

Solo una vez la dejó sola con las ninfas de los BOSQUES..., ¡y fue un terrible error! Aquellas muchachas cantaban cerca de un laguito cuando, antes de sumergirse en las aguas cristalinas, Perséfone vio un narciso.

Era una flor de BELLEZA extraordinaria y con un embriagante perfume. Admirada por tanta perfección, la joven se alejó para ir hacia ella y observarla mejor.

Cuando se acercó al narciso, advirtió una extraña vibración bajo los pies. Con un tremendo estruendo, la tierra se partió por la mitad. De la sima surgió un carro de oro tirado por cuatro CABALLOS alados. A las riendas destacaba una figura tenebrosa con una larga capa negra que ondeaba en el aire. Era Hades, señor de las SOMBRAS y de los difuntos.

Ante los ojos asustados de las ninfas, este cogió a Perséfone y la subió a su carro.

—¡Corre, Deméter! ¡No dejes que rapten a tu hija! —gritaron las amigas.

Pero era demasiado tarde: el carro de Hades ya se había *abismado* en las entrañas de la tierra mientras la sima se cerraba sobre él.

Todo sucedió muy rápido, porque Hades había ideado detenidamente su plan.

Desde hacía muchísimo tiempo, el señor de los infiernos vivía en la desolación infinita del subsuelo, con la única compañía de las sombras, de Cerbero, el perro de tres cabezas, y de Caronte, el malvado barquero encargado de **transportar** las almas de los difuntos al otro lado del río Estigia.

La tristeza había penetrado en su corazón, que se había vuelto frío y reseco.

CANSADO de su desdicha, comprendió que necesitaba a alguien junto a él: ¡una mujer *alegre* y dulce reanimaría su espíritu afligido!

Así que se había asomado al mundo de los vivos en busca de la esposa adecuada.

En medio de las espléndidas ninfas, enseguida se había fijado en Perséfone, la criatura más ENCANTADORA que había visto nunca.

Pero ¿qué muchacha aceptaría nunca vivir en la oscuridad del más allá?

Hades ideó un plan cruel: hacer brotar un maravilloso narciso para atraerla.

Mirando el rostro bañado en lágrimas de la pobre Perséfone, el dios de los infiernos sintió en aquel momento una fugaz punzada de remordimiento.

Entretanto, en la SUPERFICIE, Deméter había regresado para buscar a su hija, pero no había encontrado más que a las ninfas sollozando, desoladas por no haber logrado salvar a su amiga.

—¡Ha sido Hades, el lúgubre señor de las sombras! ¡Se ha llevado a la dulce Perséfone a su reino!

Entonces Deméter, la diosa LUMINOSA que hacía florecer el mundo, se oscureció como la noche más negra.

¿Cómo se había atrevido Hades a hacerle una afrenta así? **Corrió** hasta el lugar donde la tierra se había abierto, se arrodilló y empezó a golpear el suelo con los puños.

—¡Devuélveme a mi *hija*! —gritaba.

Pero el prado permaneció inmutable y silencioso.

Furiosa como una tempestad, la diosa de los sembrados y las cosechas voló al Olimpo y se presentó ante el **GRAN** Zeus.

—¡Ordénale a Hades que me devuelva a Perséfone, solo tú puedes hacerlo! —le imploró entre lágrimas.

—¡Los asuntos de mi hermano no me atañen! —tronó sin embargo el señor de los dioses.

En ese momento, la **CÓLERA** de Deméter se desencadenó como un huracán.

La naturaleza, que la diosa siempre había cuidado con tanto amor, empezó a **perecer**. La tierra se volvía árida, los frutos se pudrían y los árboles se **secaban**.

El sol resplandecía demasiado tiempo y emitía mucho calor, y la lluvia no caía del cielo.

Pasaba el tiempo, pero la **DESESPERACIÓN** de Deméter no daba señales de aplacarse.

Zeus, preocupado por la suerte del mundo, al fin se vio obligado a intervenir. **Bajó** a los infiernos para tratar con Hades.

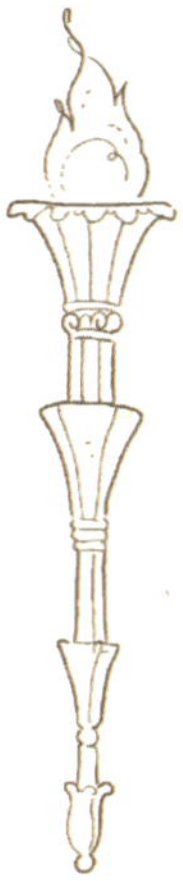

Lo encontró, como siempre, sentado en su trono, pero esa vez no estaba solo: Perséfone, que ya era su esposa, estaba a su lado con una infinita **tristeza** dibujada en el rostro.

—¡Hades, debes devolver a Perséfone a su madre! —le anunció Zeus—. ¡La tierra se está transformando en un **DESIERTO** y yo no puedo permitir que esto ocurra!

La idea de volver a ver a su madre hizo nacer la esperanza en el corazón de la pobre Perséfone. Pero Hades negó **enérgicamente** con la cabeza.

—¡Perséfone es ahora mi mujer! —declaró—. ¡Su sitio está junto a mí!

—No puedo aceptar esta respuesta tuya. Es necesario encontrar una solución —lo presionó Zeus—. ¡Recuerda que debes obedecerme, pues soy el señor de todos los dioses!

Hades agachó la cabeza.

—Llevaré a Perséfone a la tierra... Con una condición: que ella no haya comido ningún alimento proveniente del mundo de ultratumba. Esas son las reglas aquí abajo.

A la muchacha se le iluminó la cara: ¡desde que se encontraba allí nunca se había alimentado! Pero, ay, la de Hades solo era en realidad una vil trampa.

—Antes de que te vayas, toma un poco de esta granada —le ofreció el señor de las sombras—. ¡Celebremos juntos por última vez!

Solamente de pensar en que sería libre otra vez, Perséfone había recuperado el apetito.

Miró el fruto, que era brillante como una piedra preciosa. ¡Qué buen sabor tendría!

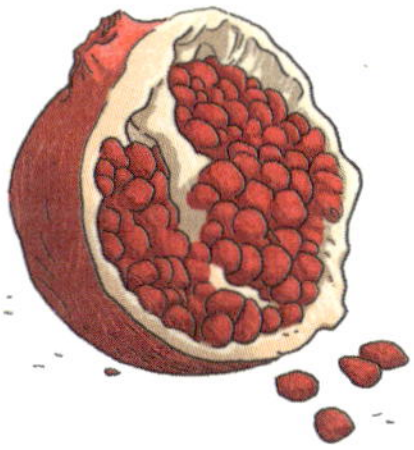

Sin pensarlo, lo dividió en dos partes, como solía hacer con su madre, y se comió una MITAD.

Y justo en ese momento se dio cuenta del fatal error. ¡Hades la había engañado! Y ahora, ¿qué iba a ser de ella?

Pero Zeus intervino una vez más, ¡no podía permitirse de ninguna manera DESCONTENTAR de nuevo a Deméter!

—Dado que Perséfone no se ha comido una granada entera, sino solo la mitad, vivirá con su madre durante seis meses al año —decidió el señor de los dioses—. Y durante los seis meses restantes permanecerá en el mundo de ultratumba.

Hades y Deméter aceptaron la **propuesta**, ¡habrían hecho lo que fuera con tal de no perder a su querida Perséfone!

Desde entonces, la naturaleza repite siempre el mismo **ciclo**. En los meses en que Perséfone se encuentra en la tierra con su amada madre, las plantas germinan con exuberancia y los campos dan frutos. En los meses en que la joven se aloja en los infiernos, la tierra se despoja y se sume en un *gélido* sueño.

Y así fue como en el mundo empezaron a alternarse la primavera y el verano con el otoño y el invierno.

... ORFEO ...

Orfeo y Eurídice

Orfeo tenía una voz maravillosa, capaz de hechizar a los mortales y a los DIOSES. Era el mejor cantor entre los habitantes de la tierra y tenía tanto talento que hasta al gran Apolo, dios del sol, de la música y del ARTE, le encantaba pararse a escucharlo.

Le parecía tan bueno que un día le regaló una lira enteramente de oro, la única digna de acompañar su *dulce* canto.

Desde entonces, cuando Orfeo tocaba la lira, todo el mundo cesaba en sus ocupaciones.

Los animales acudían desde los bosques para formar un CÍRCULO a su alrededor.

Dotado de semejante talento, a Orfeo, desde luego, no le faltaban admiradoras, pero su *corazón* latía solamente por una espléndida ninfa: Eurídice. Y puesto que ella correspondía a su amor, los jóvenes se casaron, *felices* como solo pueden serlo dos jóvenes enamorados. Lamentablemente, su unión no estaba destinada a durar LARGO tiempo.

También Aristeo, hijo de Apolo, se había prendado de Eurídice y empezó a cortejarla con demasiada **insistencia**.

La ninfa quería escapar de sus atenciones y un día, cuando corría por el bosque para alejarse de él, acabó pisando una víbora, que la mordió en el tobillo. Y la muchacha, envenenada, cayó al suelo.

Al ver que no regresaba, Orfeo fue a buscarla y se encontró ante una imagen terrible.

Eurídice yacía sobre la hierba, pálida, sin vida. Él se arrodilló y ESTALLÓ en sollozos. La alzó en brazos, pero sintió que su dulce esposa ya no estaba allí.

—¡Eurídice! ¡No! —gritó desesperado.

Luego reaccionó. ¡No podía permitir que su *amada* se le fuese de aquella manera! Bajaría al reino de los difuntos con tal de volver a tenerla a su lado. Y así, con las piernas temblorosas pero con el corazón firme y valeroso, Orfeo encontró la puerta de los infiernos y comenzó su viaje al más allá.

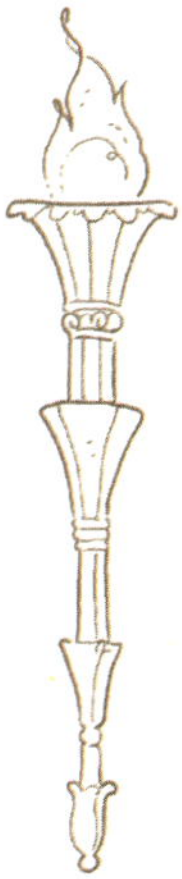

Se metió por un túnel que descendía en **espiral** hacia el interior de la tierra.

Mientras bajaba, el terreno verde y fértil se volvía dura roca y el aire se hacía cada vez más frío. Con el corazón latiéndole con fuerza, Orfeo atravesó luego una larga galería y desembocó en una gran CAVERNA cubierta de estalactitas.

Por ella discurría el Estigia, el río infernal, y en su orilla estaba Caronte, el barquero que conducía las almas al más allá. A su alrededor, las sombras se amontonaban entre quejidos, en espera de poder subir a la barca infernal. Orfeo se unió a ellas, estremeciéndose cada vez que una de aquellas almas lo rozaba. Cuando se percató de su presencia, Caronte tronó:

—¿Qué haces tú aquí? ¡Vete! ¡Este no es lugar para los vivos!

Orfeo reunió **valor** y decidió emplear la única arma que tenía: la música.

Se colocó la lira en el brazo y empezó a cantar su amor por Eurídice.

Una melodía dulce y atormentada se difundió por las grutas negras de los infiernos.

¡Qué extraño era escuchar una oda amorosa en aquel lugar de TINIEBLAS eternas!

Maravilladas, incluso las sombras dejaron de lamentarse y se apretaron en silencio alrededor de Orfeo, atentas a no perderse ni una sola de las notas que salían de aquella lira.

Cuando él dejó de cantar, comprendió que había conseguido conmover incluso a Caronte.

—Está bien, sube —le permitió este al final.

Y luego, sin decir nada más, lo transportó hasta el mundo de ultratumba.

Tras bajarse de la barca, Orfeo le dio las gracias al barquero con una inclinación y se encaminó hacia el trono del rey y la reina de los infiernos.

Pero ante él se plantó de repente Cerbero, un enorme perro de tres cabezas y con cola de serpientes.

La criatura infernal le gruñó ferozmente

a Orfeo mientras las serpientes lanzaban sus inquietantes silbidos.

Pero él se puso a cantar de nuevo y Cerbero se tumbó en el suelo, dócil como un **cachorro**.

Tras mucho peregrinar, Orfeo llegó por fin ante Hades y Perséfone.

—¿Cómo te atreves, mortal, a presentarte ante el rey de los infiernos? —se SORPRENDIÓ Hades nada más verlo.

Perséfone, en cambio, sentía curiosidad y le dio permiso para hablar.

Una vez más, con la voz llena de **tristeza**, Orfeo cantó la historia de sus amores infelices.

—¡Tened piedad de nosotros! Mi Eurídice me ha sido ARREBATADA demasiado pronto. Permitidle volver al reino de los vivos. ¡Hacedlo en nombre del amor! —les imploró.

Sin escucharlo siquiera, Hades lo *interrumpió* con un brusco gesto de la mano.

Perséfone, por el contrario, mostró compasión por aquel valiente joven.

—Pues bien, tu canto *sincero* me ha conmovido profundamente. Podrás recuperar a tu mujer —decretó ella. Luego mandó llamar a Eurídice y, sin que Orfeo pudiese verla, precisó—: Pero habréis de respetar una *condición*: podréis atravesar juntos el reino de los infiernos, pero durante todo el trayecto Eurídice deberá ir unos pasos por detrás de ti. Tú no deberás **VOLVERTE** para mirarla hasta que hayáis alcanzado la superficie. ¡Ni siquiera una vez! ¿Entendido?

A Orfeo le explotaba de alegría el corazón. ¡Su Eurídice! ¡Volvería a tenerla consigo! Prometió respetar el pacto y empezó a recorrer el trayecto a la inversa. Un paso, dos, tres... ¿Eurídice iba detrás? No oía ningún ruido sobre la dura PIEDRA.

Pero, después de todo, las almas no podían hacer **RUIDO**, pensaba para sí.

Otros diez pasos, veinte, treinta...

De vez en cuando, Orfeo sentía la tentación de volverse, pero siempre apretaba los puños y **resistía**.

Tras un interminable camino, por fin vislumbró la luz del cielo. ¡Ya casi habían llegado!

A Orfeo lo asaltó entonces una terrible **sospecha**: ¿y si Hades y Perséfone lo habían engañado? ¿Y si a su espalda no había estado en ningún momento Eurídice?

El joven se dejó vencer por la **DUDA** y se volvió para comprobarlo.

Se arrepintió inmediatamente de su error, pero ya no podía deshacer lo hecho: había infringido el pacto.

Con un *nudo* en la garganta, Orfeo apenas tuvo tiempo de distinguir el alma de Eurídice, que lo miraba con tristeza.

Después, su amada desapareció, condenada a regresar entre las sombras para toda la ETERNIDAD.

... APOLO ...

Las alas de Ícaro

Dédalo era el **ARQUITECTO** más notable de toda la Grecia antigua. Era tan famoso que Minos, rey de Creta, lo llamó a su corte, convencido de que sus inventos darían prestigio a su reino.

Honrado por aquella invitación, Dédalo recogió sus pocas pertenencias y emprendió un viaje con su hijo Ícaro, un joven despierto pero un tanto **presuntuoso**.

Cuando llegaron al palacio de Cnosos, Minos los recibió con todos los honores. Les ofreció un opíparo banquete y luego los invitó a instalarse en su **corte**.

A cambio, les pidió a Dédalo e Ícaro que pusieran a su disposición su **ingenio**.

—¡Mis manos y las de mi hijo estarán a vuestro servicio hasta cuando deseéis! —le aseguró el padre.

El rey de Creta *sonrió* complacido.

La vida en Cnosos transcurría feliz. Dédalo inventó muchos instrumentos útiles, por ejemplo el compás, para dibujar circunferencias **PERFECTAS**, y el torno, para crear vasijas con menor esfuerzo.

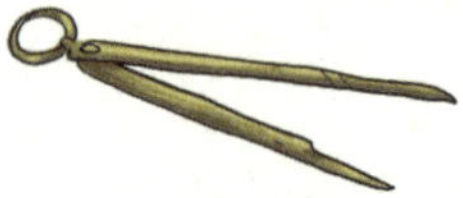

Minos, muy satisfecho con su trabajo, un día lo mandó llamar para asignarle una obra ESPECIAL.

—Como habrás sabido, aquí en mi corte vive el Minotauro, un tremendo monstruo con cuernos de toro que ATERRORIZA a mis súbditos... Pues bien, quiero que construyas para él una prisión impenetrable —le explicó el soberano. Y luego precisó—: Pero no deberá ser un lugar angosto. El Minotauro tendrá que sentirse **LIBRE** para correr y explorar. De todos modos, no debe haber vías de escape.

Dédalo asintió, se encerró en su habitación y empezó a estudiar el proyecto.

Durante días y días trabajó incansablemente, con su hijo siempre a su lado.

Cuando concluyó, Ícaro comentó:

—Padre, ¿estás seguro de que es una buena **IDEA**? ¡Sin el mapa a mano, nadie podrá salir nunca de ahí!

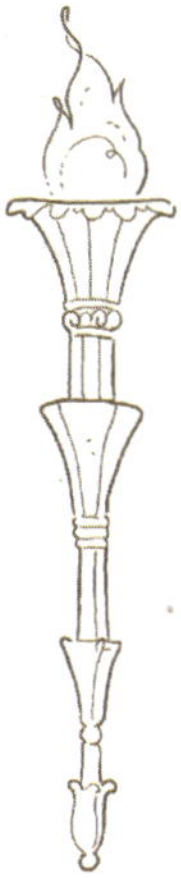

Pero Dédalo no lo **escuchó**.

—¡Es exactamente eso lo que me han pedido! —respondió, seguro de lo que hacía.

De modo que le llevó su plano a Minos. Desenrolló el pergamino y se lo enseñó. Se trataba de un laberinto a cielo abierto; era inmenso e intrincado, el mayor jamás visto.

El Minotauro podría **correr** cuanto quisiera y por donde quisiera. Sentiría el viento, el sol y la lluvia, pero nunca encontraría una salida, Dédalo estaba convencido de ello.

—¡Ah, qué **genial** idea! —se entusiasmó Minos—. ¡Que los trabajos den comienzo, pues!

Durante la larga construcción del laberinto, el rey se aseguró de que nadie, aparte de Dédalo e Ícaro, conociese los **secretos** del proyecto.

Una vez terminado, Minos convocó al arquitecto y su hijo. Les pidió que le entregaran el **plano** y, antes de que pudiesen comprender lo que estaba sucediendo, ¡los encerró en el laberinto junto con el Minotauro!

¡Qué traición! ¡El rey solo los había utilizado para sus fines y ahora los dejaba a merced del terrible **monstruo**!

Dédalo trató de tranquilizar a su hijo:

—No te desesperes, Ícaro... ¡Encontraremos la manera de salir!

—¡Es IMPOSIBLE! —replicó el joven—. ¡Tú mismo has diseñado el laberinto de modo que nadie pueda dar con la salida!

—Se me ocurrirá alguna idea para *huir*.

Empezaron a recorrer los pasillos y pronto se perdieron en los recodos del laberinto.

—¡Nunca saldremos! —gimió Ícaro.

Pero Dédalo tenía mucho ingenio y al cabo de poco tiempo se le ocurrió una idea. Inspeccionó el LABERINTO palmo a palmo y recogió una gran cantidad de plumas de ave caídas del cielo, trozos de madera, cera y barro. Usó los palos para crear un armazón y la cera y el barro para pegar en él las plumas. Al final había fabricado cuatro **grandes** alas.

—¿Empiezas a entenderlo, hijo? —susurró.

—¡Escaparemos volando! —adivinó Ícaro.

Gracias a un rudimentario arnés, Dédalo sujetó las alas a los hombros de Ícaro.
Este extendió los brazos y notó que se elevaba.
—¡Eres un genio, padre! —exclamó radiante.
—¡Ten cuidado, Ícaro! ¡No vueles demasiado bajo, porque sobrevolaremos el mar y el vapor de agua haría pesadas las plumas! ¡Y no vueles demasiado ALTO, porque el sol derretiría la cera que las mantiene unidas! —le gritó Dédalo.

Pero Ícaro ya estaba lejos y, libre como un pájaro, dibujaba piruetas en el cielo.
Planeó hasta rozar la cresta de las olas y luego se elevó, más y más... ¡derecho al sol!
El calor de los rayos le acariciaba las mejillas cuando se dio cuenta de que la cera se estaba DERRITIENDO. Las plumas empezaron a caerse y las alas a descomponerse...

—¡Socorro! —gritó el incauto joven mientras se precipitaba al mar.

Cuando Dédalo sobrevoló las aguas, buscándolo a lo LARGO y a lo ancho, vio un punto cubierto de plumas. Y entonces comprendió que para entonces Ícaro formaba parte del océano.

No pudiendo hacer más, Dédalo prosiguió su viaje hacia el oeste. Cuando puso el pie en tierra, erigió un templo en honor de Apolo para que protegiese a su hijo, dondequiera que se encontrara.

... TESEO ...

Teseo y el Minotauro

El Minotauro era una criatura monstruosa con cabeza de toro, poderosas pezuñas y dos cuernos AFILADÍSIMOS.
Vivía en el laberinto de Cnosos, construido a propósito por el gran arquitecto Dédalo a petición de Minos, rey de Creta.
El día en que aquel ser TERRORÍFICO fue encerrado en el laberinto, el soberano tuvo que recurrir a todos sus soldados para empujarlo dentro y ATRANCAR la enorme puerta.
Cuando se dio cuenta de que estaba preso, el Minotauro rugió, BUFÓ y propinó tremendas cornadas a la puerta.

Pero al final, exhausto, se adentró en el laberinto resoplando de RABIA.

Para mantener a raya su ira implacable, Minos obligó a la ciudad de Atenas, derrotada por Creta en batalla, a ofrecerle un HORRIBLE

tributo: cada nueve años, siete muchachos y siete muchachas debían ir al palacio de Cnosos para ser entregados como alimento al monstruo. Los atenienses elegían a suertes a los catorce DESDICHADOS, que luego llevaban en barco a Creta, donde los esperaba el soberano.

Ya en dos ocasiones aquellos *jóvenes* habían entrado en el laberinto y la puerta se había cerrado tras ellos, sin dejarles alternativa.

Ahora que se acercaba el momento de un nuevo tributo, un joven héroe decidió rebelarse.

Teseo y el Minotauro

Era Teseo, el hijo de Egeo, rey de Atenas. Despierto, TEMERARIO y altruista, siempre defendía a los más débiles y no soportaba las injusticias.

Por eso, aunque un príncipe como él nunca, pero nunca, sería destinado a las fauces del Minotauro, decidió unirse a aquellos catorce jóvenes más desafortunados que él. ¡Pero no tenía ninguna intención de ser devorado!

—Derrotaré a ese monstruo —declaró Teseo con un relampagueo de desafío en los ojos—. ¡Es hora de poner fin a este horror!

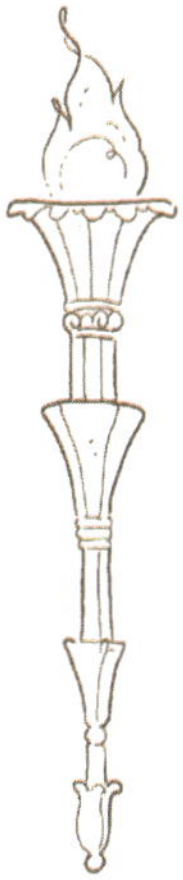

Su padre intentó en vano disuadirlo: cuando a Teseo se le metía algo en la cabeza, no había manera de hacerlo cambiar de IDEA.

El joven héroe se embarcó con los demás, armado solo con su espada y su gran valentía.

Cuando llegó a su destino, se presentó ante Minos y su hija Ariadna.

El rey de Creta se SORPRENDIÓ mucho al encontrarse delante al príncipe de Atenas.

—¿Qué deseas? —le preguntó—. ¡No querrás formar parte del sacrificio tú también!

—Pues es justo eso —replicó Teseo con seguridad—. Estoy aquí para enfrentarme al Minotauro y DERROTARLO para siempre.

En la sala resonó la potente risa de Minos.

—¡No sabes lo que dices! ¡Es una hazaña IMPOSIBLE! Por lo demás, no veo por qué detenerte: corre, pues, al encuentro con tu final si tanto lo deseas.

El joven levantó la barbilla con fiereza.

—Eso lo veremos.

Sentada junto a su padre, la princesa miraba a Teseo con curiosidad. ¡Qué audaz era! Y qué ojos más profundos...

La muchacha se ruborizó y sintió que el corazón empezaba a latirle más deprisa.

También Teseo se fijó en la princesa: tenía un rostro DELICADO, gentil y al mismo tiempo decidido.

Fue Minos el que lo sacó de sus fantasías.

—Por esta noche, tú y los jóvenes de tu séquito seréis huéspedes en *palacio* —determinó—. Mañana, mis guardias abrirán la puerta del laberinto solo para ti. Tendrás un día de margen para derrotar al Minotauro; si a la **puesta del sol** no te veo regresar, haré entrar a los otros.

—Que así sea —aceptó el reto Teseo.

Aquella noche, el príncipe ateniense no dejaba de dar vueltas en la cama. No tenía miedo de afrontar su suerte, lo que lo atormentaba era pensar que la vida de muchos jóvenes dependía del resultado de su misión. Pasó una noche agitada y se despertó de improviso con las primeras luces del alba.

Teseo y el Minotauro

Teseo iba a salir para ir al encuentro de su destino cuando oyó que llamaban a su puerta.

—¿Quién es? —preguntó EN VOZ BAJA.

La puerta se entreabrió y asomó la princesa Ariadna, que sostenía en las manos un OVILLO de hilo rojo.

—Soy la hija de Minos —susurró.

Ambos se quedaron en silencio unos instantes.

—¿Tienes miedo? —le preguntó ella.

—No temo al Minotauro —respondió el joven con *franqueza*.

—Pues deberías, es un monstruo despiadado —replicó la chica—. Y el laberinto es tan *intrincado* que es imposible orientarse. ¡Sé un truco para encontrar el camino de vuelta y te ofrezco mi ayuda! —Le dio el ovillo y siguió diciendo—: Conforme avances, ve DESENROLLANDO este hilo, así sabrás por dónde has pasado y encontrarás el camino para regresar.

Teseo, sorprendido, abrió mucho los ojos. ¡Ah, qué ingeniosa **ESTRATAGEMA**!

Y después de darle las gracias a Ariadna, fue hasta la entrada del laberinto.

Cuando oyó que la puerta se cerraba a su espalda, el joven **HÉROE** sintió un ligero temblor. Pero enseguida se repuso: su destino no sería el mismo que el de los otros muchos que lo habían precedido. Él tenía una **misión** que cumplir.

Con cautela, empezó a inspeccionar el laberinto en busca del monstruo. E iba desenrollando el hilo de Ariadna a medida que avanzaba.

De pronto advirtió una presencia a su espalda. Una **SOMBRA** enorme lo cubrió y un ruido de pezuñas hizo que se volviera de sopetón.

Ahí estaba por fin el Minotauro, terrorífico como una pesadilla.

Teseo y el Minotauro

Lo miraba con ojos feroces y echaba HUMO por las narices. Con ímpetu, Teseo alzó su espada RELUCIENTE y luego arremetió contra el adversario. El chico era de escasa corpulencia, pero rápido, atacaba con PRECISIÓN y brincaba inmediatamente después para no dejarse golpear a su vez.

Desorientado por aquel enemigo que saltaba alrededor de él, el Minotauro giraba y giraba, confundido.

Tras un largo duelo, Teseo alzó la espada y descargó un golpe letal. El monstruo lanzó un alarido **siniestro**, luego se derrumbó en el suelo y exhaló su último aliento.

El enfrentamiento había acabado, el Minotauro estaba derrotado de una vez por todas.

Triunfante, Teseo corrió hasta los catorce atenienses y les anunció que estaban libres. Luego pidió la mano de Ariadna, porque nunca encontraría a una compañera más **valiosa**. Y así, bajo la mirada airada de Minos, Teseo y Ariadna, junto con los jóvenes ya a salvo, zarparon hacia Atenas acompañados por el júbilo del pueblo de Creta, que ensalzaba a un nuevo gran héroe.

... JASÓN ...

Jasón y el vellocino de oro

El pérfido Pelias, rey de Yolcos, se removía **NERVIOSAMENTE** en el trono. Frente a él, un joven extranjero lo miraba sin abrir la boca. Pelias no lo conocía y, sin embargo, tenía un aire tan familiar...

El soberano lo animó a hablar:

—Me has pedido audiencia, ¿quién eres?

—Mi nombre es Jasón —dijo por fin el otro—. Soy hijo de Esón, tu hermano. ¿Te acuerdas de él?

Pelias **palideció**. Claro que se acordaba de Esón, ¡el rey legítimo de Yolcos! Y al que él había sustraído el trono con engaños.

Habían pasado muchos años desde entonces y Pelias no tenía ni idea de que Esón hubiese tenido un hijo... Así pues, aquel joven era su heredero. El rey se ensombreció, pero enseguida recuperó la compostura.

—No sabía que tuviera un sobrino —dijo, midiendo bien sus palabras.

—Aquí, en Yolcos, nadie sabía de mi existencia —explicó Jasón con valor—. Mi padre, para protegerme de tu furia, me dejó al cuidado del centauro Quirón, con el cual me crie. Pero ahora he regresado para reclamar lo que me pertenece.

Pelias frunció el ceño, librarse de aquel sobrino no sería fácil. A no ser que...

—El trono te corresponde por derecho —afirmó—, pero no puedo dejar el reino en manos de un joven sin experiencia. Si quieres ser rey, tendrás que demostrar que eres un héroe.

—¿Y cómo puedo demostrar mi valentía?

Una chispa de maldad se encendió en la mirada del rey, que sugirió:

—Tráeme el famoso vellocino de oro de la Cólquida y yo te cederé el **TRONO**.

—Volveré con el vellocino de oro y me convertiré en rey —afirmó Jasón.

Pelias suspiró aliviado.

La Cólquida estaba lejos, en la costa del mar Negro, y el viaje para llegar a ella era largo y peligroso. Aun cuando Jasón lograse alcanzarla, apoderarse del LEGENDARIO vellocino de oro le resultaría imposible.

El vellocino había pertenecido a un carnero alado propiedad de Zeus y se decía que tenía el poder de CURAR cualquier herida.

Precisamente por ser tan valioso, el rey de la Cólquida lo tenía guardado en un BOSQUE sagrado y hacía que un terrible dragón lo vigilara. Pelias estaba seguro de que Jasón jamás regresaría de una MISIÓN así.

Pero el chico reunió a cincuenta de los héroes más valerosos del mundo y con ellos partió en la nave *Argo*. Por eso Jasón y los suyos se hicieron ***célebres*** como «argonautas». Después de muchos días de navegación, arribaron a la isla de Lemnos, gobernada por una reina y poblada por espléndidas muchachas, que los recibieron con **ricos** banquetes.

A los argonautas les habría gustado quedarse mucho más tiempo allí, encantados con tanta belleza, pero Jasón los exhortó a continuar, ¡no debían OLVIDAR su objetivo!

Los vientos hincharon las velas del *Argo* y lo empujaron hasta la ciudad de los doliones.

Allí los recibió el rey Cícico, que les dio de comer y los invitó a quedarse a dormir en su **MAJESTUOSO** palacio.

Todos los guerreros aceptaron, excepto Heracles, el más fuerte de los mortales y *fiel* amigo de Jasón, porque tenía un mal presentimiento.

—Yo me quedo a bordo. No me siento *tranquilo*.

Y su intuición no se equivocaba. De hecho, aquella noche, mientras Jasón y sus compañeros descansaban en el palacio real, un grupo de **gigantes** con seis brazos empezó a lanzar enormes rocas contra el barco.

Pero Heracles no se dejó sorprender: gracias a su fuerza portentosa, consiguió coger al vuelo las **PIEDRAS** y lanzarlas a su vez contra los gigantes, que quedaron fuera de combate.

A causa del gran **estrépito**, los argonautas se despertaron y corrieron al barco. ¡Ah, qué tontos habían sido al fiarse de Cícico!

Unidos y **compenetrados**, golpearon a los pocos gigantes que quedaban y luego zarparon a toda prisa.

Jasón había aprendido la **lección**: no podía concederse distracciones si quería llevar a cabo aquella misión.

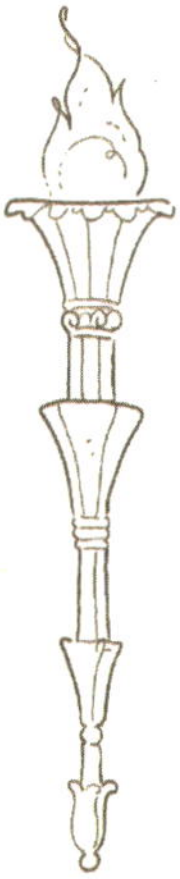

Prosiguiendo su travesía, el *Argo* alcanzó el terrible paso de las Simplégades, altísimos escollos **puntiagudos** que se movían con el viento y las corrientes.

Los navegantes conocían muy bien aquel paso funesto, que se cerraba como unas tenazas sobre los barcos que intentaban atravesarlo y los trituraba para luego poder **succionarlos** en su remolino.

Los argonautas se miraron con desaliento.

¿Cómo superarían aquella asechanza?

Jasón recordó entonces el sabio consejo que le había dado el adivino Fineo: «Para atravesar el paso de las rocas móviles, detente a la entrada y espera la llegada de una paloma. Si la paloma cruza el estrecho, la vía está libre; si por el contrario vuelve atrás, para tu barco no habrá esperanza».

Así que los argonautas echaron el ancla y se quedaron a la espera de una paloma.

¡Ah, qué RARO era buscar una paloma en mar abierto, reino de las gaviotas y los albatros!

Sin embargo, allí estaba, una paloma que volaba tranquila cruzó el paso.

—¡Vía LIBRE! —anunció entonces el osado Jasón.

Superado el OBSTÁCULO, vieron al fin las costas de la Cólquida.

—¡El vellocino de oro está aquí! —exclamó el joven héroe, que animó a sus compañeros a desembarcar.

Solo entonces vio a una misteriosa muchacha que caminaba por la playa.

Tenía el cabello negro como las plumas de un cuervo y dos ojos de mirada **INTENSA** que lo observaban con expresión de curiosidad.

Era Medea, la hija de Aetes, rey de la Cólquida, gran experta en las artes mágicas.

Cuando vio a Jasón, se enamoró de él al instante. Y cuando descubrió que pretendía apoderarse del vellocino de oro, decidió ayudarlo.

—Se encuentra en un bosque sagrado, y está, CUSTODIADO por un dragón que no duerme nunca —le explicó—. Se dice que es imposible apoderarse de él, pero en realidad...

—¿En realidad? —preguntó Jasón.

Ella le dirigió una *sonrisa* cautivadora.

—En realidad —explicó—, nada es imposible si se conocen los secretos de la magia...

Medea había visto a muchos héroes perder la vida en el intento de robar el **preciado** vellocino de oro y no quería que Jasón corriera la misma suerte.

—Hay que actuar cuanto antes —le advirtió—. Mi padre tiene la obligación de eliminar a cualquiera que intente violar el bosque sagrado. Es preciso actuar esta noche, aprovechando las tinieblas. Yo te acompañaré.

Y así, cuando cayó la noche, Medea guio a Jasón y sus compañeros hasta el bosque sagrado.

El cielo estaba negro y los pasos de los argonautas hacían CRUJIR el terreno árido, rompiendo el silencio de aquel lugar divino.

Cuando llegaron a las inmediaciones de un árbol, Jasón lo vio por fin, colgado de una rama. ¡Ahí estaba el vellocino de ORO, que relucía en la oscuridad como un pequeño sol!

Pero, con su larga cola *enroscada* al tronco, un dragón enorme montaba guardia.

Cuando Jasón dio un paso adelante, Medea lo detuvo. Luego sacó de su túnica una pequeña ampolla, le quitó el tapón y dirigió su contenido hacia el terrible dragón. Los argonautas solo vieron una estela blanca que serpenteaba hasta las narices del monstruo, que respiró la poción HECHIZADA y cayó en un sueño profundo.

Medea exhortó a Jasón:

—¡Rápido! ¡El efecto mágico no durará mucho!

ÁGIL como una pantera, el joven héroe trepó al árbol y cogió el vellocino de oro. Luego huyó con Medea a su lado y seguido por sus fieles compañeros.

Cuando llegaron al barco, Medea anunció:

—Me voy con vosotros.

—¡Era lo que yo esperaba! —le dijo sonriente Jasón.

Acababan de zarpar cuando oyeron el terrible **RUGIDO** del dragón, que se había despertado. Pero los argonautas, ya a salvo, pusieron rumbo a alta mar.

Jasón volvió a Yolcos y mostró con orgullo el vellocino de oro. Y al pérfido Pelias no le quedó más remedio que respetar su **PROMESA**. Jasón fue coronado rey de la ciudad y Medea, que ya era su esposa, se convirtió en reina.

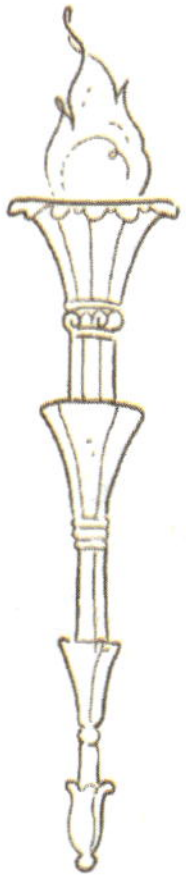

ATENEA

Atenea y Aracne

La ciudad de Colofón, en Lidia, era célebre por dos motivos: por los PRECIOSOS tejidos teñidos con púrpura que se producían en ella y por una *muchacha* de nombre Aracne, que vivía allí.

Aunque Aracne era muy hermosa, su fama no se debía a su belleza, sino a una cualidad muy apreciada: era una **habilísima** tejedora. Hija de Idmón, un reputado tintorero, Aracne había crecido entre telas y telares.

El arte del tejido y el bordado nunca habían tenido **secretos** para ella y, desde pequeña, había dado muestras de un gran talento.

Era tan *buena* que incluso las bordadoras más experimentadas habían empezado a visitarla para pedirle consejo. Ninguna de ellas, sin embargo, estaba a su altura: solo Aracne tenía el don extraordinario de hacer que los bordados cobraran vida, y de ellos se servía para contar historias maravillosas. Si un tapiz debía representar el cielo, ella lo tejía con hilos tan *finos* que parecían hechos de viento. Orgulloso de aquel prodigio de hija, Idmón hizo correr la voz de que Aracne era capaz de hacer obras asombrosas.

Con los años, también ella fue cada vez más consciente de su talento. Sabía que era mejor que las demás bordadoras y eso la hacía orgullosa y altanera.

—¡Eres realmente **INCOMPARABLE**, Aracne! ¿Acaso aprendiste a tejer con la mismísima Atenea? —le dijo un día una clienta.

La chica, con las mejillas ruborizadas, se rio.

—Si acaso, será Atenea la que haya aprendido de mí... —respondió con poca modestia—. ¡Podría desafiarla tranquilamente en una prueba de bordado!

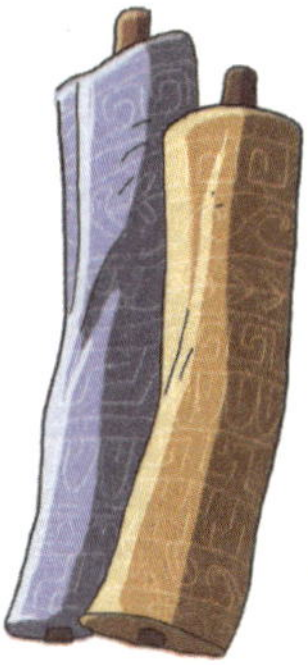

Sus palabras dieron la vuelta a la ciudad, luego a la región y a toda Grecia... hasta llegar a oídos de la diosa. Atenea era muy sabia, pero también muy ORGULLOSA y competitiva. Así que decidió comprobar en persona si los rumores sobre Aracne eran ciertos.

Adoptando el aspecto de una viejecita, se presentó en la puerta de la tejedora.

—¡He oído hablar de tu destreza, Aracne! —empezó diciendo con voz temblorosa—. ¡Algunos sostienen que incluso quieres competir con la propia Atenea!

—¡Así es! —confirmó la muchacha—. Y estoy segura de que ganaría.

La viejecita dio un respingo.

—¿No te basta con ser la mejor entre los mortales? Yo nunca osaría desafiar a una diosa, sentiría temor...

—Oh, yo no le tengo miedo a nada —rebatió Aracne con despreocupación—. ¡Que venga aquí Atenea si cree que es mejor que yo!

Entonces la viejecita se quitó la capa, despojándose así del DISFRAZ.

Al ver a la diosa Atenea, Aracne no se alteró lo más mínimo. Es más, dijo:

—Me alegro mucho de que estés aquí. Ahora descubriremos cuál de nosotras es mejor.

Atenea se sonrojó de rabia. ¡Ah, la pequeña insolente!

Y así, ante la mirada de toda la CIUDAD, la gran prueba de bordado dio comienzo.

Atenea y Aracne

El silencio se hizo en el taller de Aracne mientras la diosa y su retadora tejían aplicadamente, cada una un tapiz distinto.

Atenea bordó escenas que contaban las grandes hazañas DIVINAS.

La impertinente Aracne, por su parte, eligió tejer los engaños de los dioses.

Cuando las obras estuvieron terminadas, el resultado quedó a la vista de todos. Ambos tapices eran maravillosos..., pero el de Aracne tenía una cualidad más: la vida. Las figuras daban la impresión de moverse en el tejido, ¡tan verdaderas parecían!

Molesta por la elección de tema de Aracne, Atenea DESGARRÓ el tapiz de su rival y se lanzó contra ella.

Aracne se arrepintió de haber provocado la ira de una diosa y escapó hacia el BOSQUE.

—¡Lo siento! —GRITABA desesperada—. ¡Pido humildemente perdón!

Atenea se apiadó entonces y le concedió la vida. Pero no como la de antes.

De repente, Aracne sintió que su cuerpo estaba cambiando: su cabeza empezó a empequeñecerse, mientras sus brazos y piernas se transformaban en largas patas delgadas...

Desde aquel día, condenada a tejer para siempre, Aracne no pudo crear más bordados, sino solo infinitas telarañas. Se había transformado en una araña.

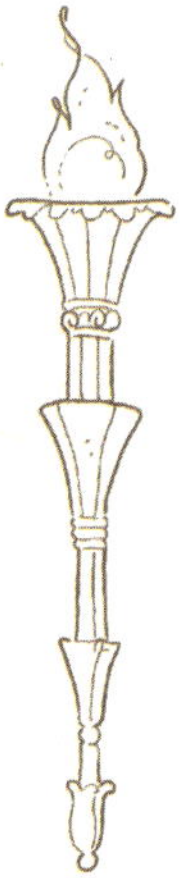

HERMES

El mito de Pan

Los dioses del Olimpo tenían cualidades y defectos, vicios y virtudes, igual que los mortales. Como ellos, soñaban y experimentaban fuertes desilusiones.

Algunos eran sabios y juiciosos; otros, caprichosos y volubles. El más IMPREVISIBLE era Hermes, el mensajero de los dioses. Habituado a cabalgar el viento, se entusiasmaba y se aburría de las cosas en lo que dura un parpadeo.

Por eso, cuando se enamoró de la ninfa Dríope, que llevaba a pastar su rebaño a las tierras de la Arcadia, los demás dioses sabían que aquel *amor* no duraría mucho.

De hecho, poco tiempo después Hermes se **CANSÓ** de la vida en los pastos y abandonó a la pobre Dríope para regresar al Olimpo.

La ninfa ni siquiera tuvo ***tiempo*** de revelarle que esperaba un hijo.

El día en que Dríope dio a luz, su grito de terror se oyó en toda la Arcadia. En vez de un hermoso recién nacido **regordete**, había dado a luz a un ser mitad hombre y mitad cabra.

Y lo llamó Pan.

La propia Dríope no sabía cómo criar a aquella criatura selvática y decidió confiársela a los dioses dejándola en los bosques.

Pese a su aspecto singular, Pan era pacífico: siempre estaba alegre y era amable, danzaba, cantaba y ayudaba a los pastores y los labradores, que lo eligieron como su protector.

Pasaron los años y su fama llegó a oídos de Hermes, que entonces descubrió que era su padre.

INTRIGADO, voló a los bosques de la Arcadia, pero se quedó estupefacto al ver a Pan. ¿Cómo podía ser hijo suyo? Sin revelarle su IDENTIDAD, Hermes se puso a charlar con él. Y lo encontró tan cómico y gracioso que decidió llevárselo a vivir con él al monte Olimpo.

Algún tiempo después, mientras paseaba por el bosque, Pan conoció a una preciosa ninfa vestida con hojas. Se llamaba Siringa y era hija del dios Ladón. Tenía los ojos verdes como la hiedra, el rostro gentil y una bonita figura.

Pan se enamoró a primera vista, pero era demasiado tímido y no se atrevía a mostrarse a causa de su aspecto de cabra.

Así que empezó a cortejarla a escondidas: dejaba mensajes de amor en los senderos, entonaba canciones oculto entre los arbustos...

El mito de Pan

Siringa no tenía ni idea de quién era su misterioso pretendiente, pero poco a poco comenzó a sentir ternura por él. Quién sabía cómo se llamaría... ¿También él vivía en los bosques? ¿Se habrían visto ya?

Un día, después de encontrar el enésimo mensaje de amor, la ninfa preguntó a voces:

—¿Por qué te escondes? ¡Dime quién eres!

Acuclillado detrás de un árbol, Pan habría querido mostrarse, pero, una vez más, no tuvo **valor**.

Cuando volvió al Olimpo, el dios Dioniso notó su insólita *melancolía*.

—¿Qué te ocurre, muchacho?

—¡Me he enamorado! —le confesó Pan—. ¡Pero la ninfa que amo nunca me ha visto, porque tengo miedo de asustarla!

Dioniso le puso una mano en el hombro.

—No puedes ESCONDERTE para siempre. Ármate de valor y muéstrate tal como eres.

Reconfortado, al día siguiente Pan decidió seguir el consejo de Dioniso. Se arrodilló a los pies de Siringa y le declaró su amor.

Pero las cosas no marcharon en absoluto como esperaba. Cuando vio a su cortejador, Siringa CHILLÓ y salió huyendo, aterrorizada.

Pan la persiguió para calmarla, ¡pero la ninfa les suplicó a los dioses del río que la transformaran en una criatura que aquel ser monstruoso no pudiera reconocer nunca!

Los dioses atendieron su petición y en pocos segundos su piel adquirió un tono verde, mientras sus brazos, extendidos hacia el cielo, se volvieron RÍGIDOS como estacas.

Poco a poco, Siringa fue convirtiéndose en un manojo de cañas de pantano.

Desconsolado, Pan acarició aquellas cañas, que ondulaban con el viento y emitían una música melodiosa. Cogió un puñado y con ellas fabricó una flauta.

Durante días y días tocó aquel **preciado** instrumento vagando por los bosques de la Arcadia.

Y poco a poco la música curó el corazón de Pan, que volvió a divertirse con las criaturas salvajes bajo la mirada benévola de Hermes y Dioniso.

BELEROFONTE

Las hazañas de Belerofonte

El pequeño Belerofonte, **príncipe** de Corinto, no hablaba más que de Pegaso, el formidable caballo alado.

—¡De mayor lo domaré y me convertiré en un gran héroe! —decía con **BRAVUCONERÍA**. Su padre y su madre lo miraban con benevolencia. Estaban seguros de que el destino de su hijo era realizar **grandes** hazañas, ¡pero también sabían que domar al caballo alado no sería nada sencillo!

Majestuoso y **salvaje**, Pegaso era blanco como la nieve y tenía dos enormes alas que le salían del dorso.

Gozaba del **FAVOR** de los dioses y por eso ningún mortal podía doblegarlo a su voluntad. Volaba libre, dueño de los cielos y las nubes. Pero Belerofonte, convertido ya en un joven lleno de **ENERGÍA**, no había renunciado al sueño de domarlo. Es más, consultó incluso con el adivino Poliido para que le diera algún consejo.

—Pasa una **NOCHE** frente al templo de Atenea —le sugirió el vidente—. Solo ella puede decidir si eres digno de Pegaso.

Así que Belerofonte fue hasta el **templo**, se tumbó en los escalones, esperó la noche y se durmió. Soñó que Atenea le entregaba unas **bridas** de oro.

—Encontrarás a Pegaso en la fuente Pirene, donde abreva al amanecer —le dijo la diosa

de la guerra. Y luego añadió—: Con estas bridas no te será difícil domesticarlo.

Cuando Belerofonte se despertó, encontró a su lado unas espléndidas bridas de oro. ¡Luego no había sido solo un sueño!

Sin dudarlo, corrió al lugar que le había indicado la diosa y se apostó en espera del amanecer. En cuanto asomó el sol, ahí estaba Pegaso, que volaba ligero y elegante batiendo sus magníficas alas.

En el instante en que el caballo se acercó a la fuente, Belerofonte salió de su escondrijo y le saltó al lomo. Cogido por SORPRESA, Pegaso se encabritó, relinchó y empezó a piafar para descabalgar a aquel jinete indeseado.

Pero Belerofonte le ató las bridas de oro a la cabeza con pericia y, en ese momento, Pegaso se volvió de inmediato dócil y obediente. El caballo INDOMABLE había sido domado.

A lomos de Pegaso, el intrépido Belerofonte partió en busca de nuevas AVENTURAS.
Llegó así a la corte de Yóbates, rey de Licia.
Desde hacía tiempo, Yóbates invocaba a los dioses para derrotar a un TERRIBLE monstruo que saqueaba su reino: la Quimera.
Se trataba de una criatura aterradora que tenía cabeza y cuerpo de LEÓN, una segunda cabeza de cabra que le salía de la espalda y una serpiente venenosa en lugar de cola, y además escupía fuego por las fauces.
Desde hacía siglos atormentaba a los pueblos de Licia, despedazando y QUEMANDO a todos los que encontraba en su camino. ¡Los súbditos de Yóbates vivían en el terror!
Cuando Belerofonte llegó al *palacio* del rey llevado por las nubes y las alas de Pegaso, Yóbates y su hija Filónoe lo recibieron con grandes honores.

¡Un príncipe que llegaba por el cielo era una señal DIVINA! ¿Habría venido por fin un héroe capaz de derrotar a la Quimera?

Filónoe quedó deslumbrada por la BELLEZA y el coraje del joven; tanto, que se enamoró de él en el acto.

El soberano le explicó la situación a Belerofonte y le imploró que los ayudara:

—Te lo suplico... ¡Eres nuestra última esperanza!

El osado héroe aceptó de buen grado, pues estaba impaciente por afrontar una nueva hazaña IMPOSIBLE.

Aquella noche, Belerofonte soñó con Atenea.

—Mañana te aguarda una durísima lucha —le anunció la diosa—. Pero tienes a Pegaso de tu parte. Haz que te sitúe encima de la Quimera, ¡solo así conseguirás abatirla!

Las hazañas de Belerofonte

Al **día** siguiente, el joven alzó el vuelo montado en su fiel Pegaso y fue en busca de la terrible Quimera.

Iba armado con espada, arco y flechas. La punta de una de estas era de **PLOMO**, Belerofonte tenía un plan en mente...

Sobrevoló durante largo rato la región hasta que por fin avistó a la Quimera, que ***corría*** por una llanura en busca de presas.

El valiente **HÉROE** aterrizó a espaldas del monstruo con la espada desenvainada.

A la Quimera no le había dado tiempo a percatarse de su presencia cuando la espada ya le había cortado la *cola* de serpiente. Rápidamente, Belerofonte se elevó en el cielo.

Instantes después se lanzó de nuevo sobre el monstruo y dirigió el golpe a la cabeza de león.

Pero el espadazo fue torpe y Belerofonte esquivó los colmillos de la Quimera por un pelo.

La lucha fue durísima: por mucho que golpeara a la Quimera, no conseguía acabar con ella. Entonces, el joven héroe tiró a un lado la espada y decidió recurrir a su arma especial: la flecha con punta de plomo.

Le ordenó a Pegaso que volara ALTO y luego se quedara suspendido en el aire, encima de la boca del monstruo.

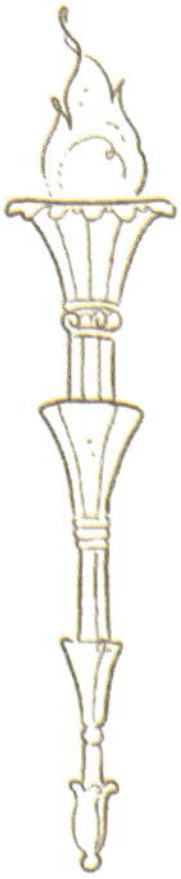

Tan pronto como la Quimera rugió con sus enormes fauces abiertas, Belerofonte le disparó la flecha directamente a la boca.

El plomo empezó a FUNDIRSE en la boca del monstruo como la lava de un volcán y la Quimera se desplomó en el suelo entre horribles lamentos. Al final, con un último rugido, aquella terrorífica criatura se apagó.

Belerofonte había logrado realizar otra hazaña imposible.

Victorioso y enorgullecido, a lomos de su caballo alado, volvió con el rey Yóbates, que lo recibió con una gran fiesta y le preguntó qué deseaba como recompensa.

Belerofonte no tuvo ninguna DUDA: pidió la mano de la princesa Filónoe, que aceptó de inmediato.

Junto a su bella esposa, Belerofonte encontró por fin la *felicidad*.

PERSEO

Perseo contra Medusa

En la Grecia **antigua** no eran valientes solo los guerreros que salían en busca de monstruos que aniquilar, sino también aquellos que dedicaban su vida a combatir las injusticias y defender a los más débiles.

El joven Perseo, hijo de Zeus y Dánae, lo sabía bien. Desde hacía mucho tiempo, de hecho, hacía de todo para proteger a su madre de las tropelías de Polidectes, tirano de la isla de Sérifos.

Durante meses y meses, este último había pedido la mano de Dánae, pero ella siempre lo había rechazado con determinación.

Polidectes estaba convencido de que, mientras Perseo permaneciera junto a su madre, ella no cambiaría de IDEA por nada en el mundo.

Así que decidió que debía librarse de él como fuera. Una noche lo mandó llamar y le dijo:

—¡He organizado un **GRAN** banquete y tú también estás invitado! Naturalmente, como todos los demás, deberás traerme como obsequio un caballo.

—Pero yo no poseo ningún CABALLO —señaló Perseo.

Polidectes se fingió sorprendido.

—¿De veras? Bueno, entonces tendrás que hacerme otro obsequio... ¡La cabeza de Medusa servirá!

El joven se estremeció. Medusa era la gorgona que *petrificaba* a quien la miraba, ¡apoderarse de su cabeza era imposible!

—¡De acuerdo, te la traeré! —acabó aceptando el desafío Perseo. Pero exigió también—: Con una sola condición: tú, a cambio, renunciarás a mi *madre* para siempre.

—Haré lo que pides —le concedió Polidectes, convencido de que el joven no regresaría vivo de una **misión** como aquella.

Así que Perseo partió con todo su coraje. En el Olimpo, Zeus se había enterado del terrible cometido encomendado a su hijo. Preocupado, le ordenó a Hermes que lo acompañara hasta las hermanas de las gorgonas, las grayas.

Eran tres viejas monstruosas con un único ojo y un solo diente entre las tres, que se intercambiaban en caso de necesidad.

—¡Vaya encargo más ingrato me haces, Zeus! —dijo suspirando Hermes.

El señor de los dioses se mostró inamovible:

—Es necesario que Perseo les haga una visita. ¡Solo las grayas saben dónde se esconde Medusa y conocen las armas para derrotarla!

Hermes llegó entonces volando hasta Perseo cuando este seguía indeciso su camino, ¡no sabía hacia dónde ir para encontrar a Medusa!

—Solo las tres hermanas de las gorgonas lo saben... —lo sorprendió una voz desde ARRIBA.

—¿Quién ha hablado? —preguntó Perseo.

En el aire, sobre él, estaba el mensajero divino, que lo cogió de la mano y lo elevó.

—¡No hay tiempo que perder! —le dijo—. Tengo que llevarte a la cueva de las grayas. Cuando estés allí, róbales el ojo y el diente, los usarás como objetos de intercambio para obtener la información que necesitas.

—Está bien, haré lo que dices —asintió Perseo.

Tras un largo VUELO, Hermes lo depositó delante de una cueva y lo incitó a entrar.

El joven metió la cabeza en la cueva y por un momento le faltó la respiración a causa del hedor.

—¡¿No hay NADIE?! —gritó.

Enseguida tres voces roncas respondieron:

—¿Quién está ahí?

—¿Acaso es un invitado?

—¡Venga, déjate ver!

Perseo se adelantó y se encontró frente al ESPECTÁCULO más tremendo que hubiese tenido ocasión de ver nunca.

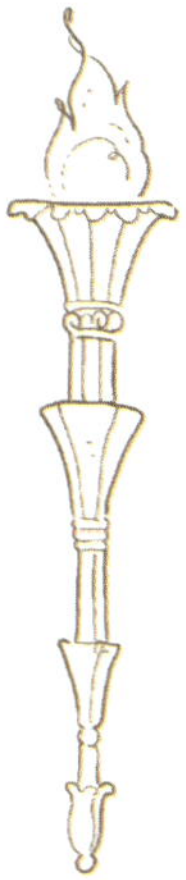

Tres viejas brujas ARRUGADAS estaban reunidas alrededor de una hoguera. Entre las tres tenían un solo diente y un solo ojo, que se pasaban de una a otra para examinar por turnos al recién llegado.

—¿Qué haces aquí? —**graznó** la primera graya cogiendo el ojo.

Perseo se armó de ***valor*** y habló:

—Necesito saber dónde vive Medusa.

—¿Por qué? —preguntó la segunda graya, que le quitó el ojo a su hermana.

—Tengo que... preguntarle por un asunto importante —improvisó el joven.

—¡Está mintiendo! —chilló la tercera graya.

—Deja que te vea —dijo la primera ALARGANDO su brazo esquelético para coger el ojo.

Pero cuando su hermana se lo acercaba, Perseo lo hizo caer en la palma de su mano.

Las tres *hermanas* chillaron:

—¿Dónde está? ¡No me lo has dado!

—¡Sí que te lo he dado! Se habrá caído...

—¡Rápido, tenemos que encontrarlo!

Las tres viejas se agacharon para palpar el suelo en busca del ojo perdido.

—Es inútil que os esforcéis —dijo Perseo. Y luego añadió burlonamente—: Yo tengo vuestro ojo. ¡Y también vuestro único diente!

No mentía, porque, en la confusión general, también había conseguido hacerse con él.

Las grayas CHILLARON ultrajadas:

—¿Cómo te atreves a jugar así con nosotras? ¡Devuélvenoslos inmediatamente!

—Decidme dónde se encuentra Medusa y cómo derrotarla, y os los devolveré —replicó él.

Las grayas se estremecieron y vociferaron, pero al final cedieron.

Y así descubrió Perseo que Medusa vivía en una cueva al fondo del jardín de las Hespérides.

Solo tres objetos podían DERROTARLA: las sandalias aladas de Hermes y su hoz, y el yelmo de Hades, que volvía invisible.

Zeus les ordenó a los dioses que se los entregaran a Perseo.

También Atenea le prestó su **ESCUDO**, reluciente como un espejo, y un morral. Así pertrechado, Perseo voló al jardín de las Hespérides rozando las copas de los árboles.

Cuando llegó a la cueva de las gorgonas, el cielo se puso de color rojo FUEGO. Delante de la entrada había unas cornejas inmóviles, petrificadas en las ramas, mientras que una hilera de mortales, transformados todos en ESTATUAS, miraban a la nada.

La cueva estaba vigilada por **fieras** temibles, pero, gracias al yelmo de Hades, Perseo las dejó atrás sin que lo vieran.

Entretanto, en la cueva, las gorgonas dormían profundamente.

Perseo respiró hondo y, reuniendo todo su coraje, entró.

Perseo contra Medusa

Se acercó a Medusa caminando hacia atrás para que no se cruzaran sus ojos. Usaba el escudo como espejo para ver a su espalda. Y por fin la distinguió, reflejada en la superficie pulida. Tenía largos dientes AFILADOS y una melena formada por serpientes. ¡Era terrorífica!

Cuando Perseo estuvo cerca, las serpientes empezaron a SILBAR y Medusa entreabrió sus poderosos ojos. «¡Ahora!», se dijo Perseo.

Empuñó la hoz y, con un golpe decidido, le cortó la cabeza a Medusa, que metió en el morral.

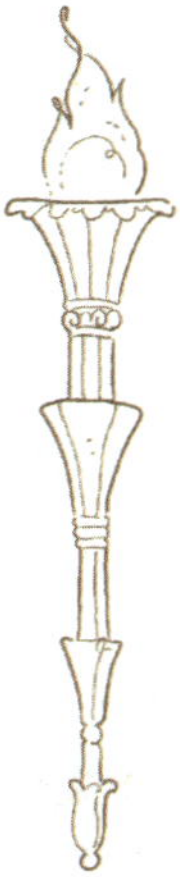

Luego se fue volando, raudo, mientras las otras gorgonas se DESPERTABAN entre silbidos y gritos.

De vuelta en la isla de Sérifos, el joven descubrió que su madre se había refugiado en el templo de Atenea para escapar de Polidectes.

FURIBUNDO, fue precipitadamente donde el tirano. Y ante sus ojos sacó la cabeza de Medusa.

—¡Mira, Polidectes! —le dijo a voces—. ¡Mira lo que te traigo!

Todo ocurrió en un **instante**: la mirada de Polidectes se cruzó con la de Medusa y sintió que el cuerpo se le transformaba en piedra. Se quedó para siempre con los ojos y la boca desencajados de terror.

De ese modo, Perseo libró a la isla y a su madre del yugo del tirano.

En cuanto a la cabeza de Medusa, Perseo se la donó a Atenea para agradecerle su ayuda. Desde entonces, la diosa la lleva grabada en el escudo.

HERA

El mito de Narciso

La ninfa Liríope no podía dejar de mirar a su pequeño. ¡Ah, qué hermoso era, con aquel cabello sedoso y los labios tan rojos como cerezas!

«¡Sin duda está destinado a hacer **grandes** proezas!», pensaba para sí la madre.

Decidió preguntarle al adivino Tiresias para conocer el futuro de Narciso, que así había llamado a su hijo.

—¡Este recién nacido tendrá una vida **rica** y feliz solo si nunca se conoce a sí mismo! —sentenció el vidente.

Y no añadió nada más a su **profecía**.

No sabiendo cómo interpretarla, Liríope le pidió **consejo** a su marido Cefiso, el dios de los ríos.

—¿Qué habrá querido decir con «solo si nunca se conoce a sí mismo»?

—Tal vez que no debe conocer su aspecto —dedujo él.

Los cónyuges decidieron entonces cubrir todos los espejos de su *palacio*, de forma que Narciso no viese nunca su imagen reflejada.

Pasaron los años y Narciso crecía, volviéndose día tras día más atractivo.

Cuando cumplió los dieciséis años ya era un joven **ESPLENDOROSO**, todas las ninfas y las muchachas caían literalmente a sus pies.

Aunque nunca se había visto en un espejo, Narciso sabía que era guapísimo, porque a todos **cautivaba**.

Pero tanta era su belleza como malo era su

carácter. **Vanidoso** e insensible, trataba a todo el mundo con altivez y no amaba a nadie más que a sí mismo.

Pasaba los días solo, ganduleando en el bosque.

Y fue precisamente en una de esas ocasiones cuando Eco lo vio por primera vez.

Eco era una *ninfa* de las montañas. En otro tiempo había sido muy parlanchina: hablaba, hablaba y hablaba... solo para contar cotilleos. Por ese motivo, Hera la había castigado **CONDENÁNDOLA** a no poder hablar más por propia voluntad. Ya solo podía repetir las últimas palabras que pronunciaban los otros.

Como las demás ninfas, también Eco se enamoró de Narciso y empezó a seguirlo en sus **paseos**, pero no se atrevía a acercarse a él.

Un día, él se dio cuenta de que lo seguían y preguntó:

—¿Quién está ahí? ¿Quién me sigue?

—Sigue, igue, igue... —murmuró Eco.

—¿Te estás burlando de mí? —le preguntó Narciso.

—Mí, mí, mí... —repitió ella.

Enojado, el guapo muchacho pateó el suelo y salió corriendo.

Desde aquel día se reprodujo la misma escena: Eco seguía a Narciso por el BOSQUE y, cuando él le hablaba, ella repetía sus últimas palabras. Al final, la ninfa decidió, en un impulso amoroso, mostrarse a Narciso.

Él la miró con recelo.

—¿Qué quieres? ¿Eres tú la que siempre me sigue?

Eco habría querido explicarse, pero no podía.

—¡No me molestes! —mascculló él—. ¿De verdad piensas que puede interesarme alguien como tú? ¡Vete ahora mismo!

Con el corazón **HELADO**, Eco huyó por un sendero.

Y desde aquel momento no dejó que la viera alma viva alguna.

Lloró tanto que al final se consumió y de ella solo quedó la voz.

A Narciso no le preocupó, es más, ¡seguía tratando de la misma manera a todas las ninfas!

Entonces ellas, INDIGNADAS, le pidieron ayuda a Némesis, la diosa de la justicia reparadora, para que castigase a Narciso, tan bello como cruel.

Y el castigo **DIVINO** no tardó en llegar.

Un día, mientras paseaba, Narciso vio un laguito de aguas quietas y limpísimas, se acercó y por primera vez en toda su vida... ¡se reflejó! Vio en el agua a un espléndido joven y tanta belleza lo deslumbró.

Pero no sabía que aquel joven era él, por lo que se hizo realidad la profecía de Tiresias. Narciso miró su reflejo durante todo el día. Sin **CANSARSE** de contemplarse a sí mismo, al final alargó los brazos para tocar aquella imagen maravillosa. Y entonces Narciso cayó al agua para no salir nunca más.

Cuando su madre fue a buscarlo, cerca del laguito solo encontró una maravillosa *flor* blanca, que desde entonces todos llaman «narciso».

DIONISO

El oro del rey Midas

Las fiestas del dios Dioniso siempre eran arrolladoras. Los invitados DANZABAN, cantaban y comían hasta el amanecer.
Una vez, tras la enésima noche de celebración, el sátiro Sileno estaba tan cansado que se perdió en el bosque y se DURMIÓ bajo un roble. Unos campesinos lo encontraron a la mañana siguiente y, no sabiendo qué hacer, lo llevaron a la corte de su soberano.
El rey Midas era un hombre de carnes abundantes y frívolo, célebre por su **avaricia**. Su pasión eran los banquetes, no por casualidad era también seguidor del dios Dioniso.

Midas, pues, acogió con alegría al viejo sátiro en su palacio. Lo había reconocido enseguida: ¡era el maestro de Dioniso! ¡Ah, qué golpe de suerte!

El rey acomodó a Sileno en la habitación más **lujosa** e hizo preparar para él un riquísimo desayuno: leche, miel, panecillos calientes y quesos, *dulces* de sésamo y azafrán, fruta fresca, almendras...

Impresionado por tal acogida, Sileno comió con gusto, sin hacerse demasiadas preguntas.

Pero aquello solo era el principio, pues aquel mismo día Midas organizó un suntuoso banquete. Se dispusieron las mesas con toda clase de manjares y los músicos tocaron ininterrumpidamente.

Después de diez días y diez noches de FIESTA, Sileno le pidió audiencia al rey.

—Te agradezco tu hospitalidad y tu generosidad —le dijo—, pero deseo regresar a casa.

Eso era lo que el rey Midas esperaba.

—¡Deja que te acompañe, ilustre Sileno! —le **sugirió** obsequioso—. Sé que vives con el gran Dioniso... ¡No sabes cuánto me gustaría conocerlo!

En aquel momento Sileno comprendió el porqué de todas aquellas **ceremonias**.

—Si es lo que deseas, puedes venir conmigo —aceptó al fin.

Entusiasmado, el soberano hizo preparar un carro y los dos emprendieron el VIAJE.

Dioniso vivía en una colina cubierta de viñedos y, en cuanto Midas y Sileno empezaron a percibir en el aire el dulce olor del mosto de uva, supieron que estaban cerca de su destino.

—¡Por fin, Sileno! —lo recibió Dioniso con gran júbilo—. ¡Empezaba a preocuparme!

—Este tiempo he sido huésped del rey Midas —le contó el sátiro—, que me ha tratado con mil atenciones y no quería que me fuera...

Midas se inclinó entonces hasta darse en el suelo con la frente.

—¡Gran Dioniso! ¡Qué honor conocerte en persona!

—Gracias por haber deparado una acogida así a Sileno —dijo Dioniso, al que divirtió tanta zalamería—. ¿Cómo puedo corresponderte?

Al soberano se le ILUMINÓ la cara.

—¡Oh, pero qué cosas dices! ¡Ha sido una dicha tener al ilustre Sileno en mi palacio! Desde luego, no puedo pedirte ninguna recompensa... Pero si es lo que deseas...

Y al final el rey Midas le pidió el don de transformar en oro todo lo que tocase.

—¿Estás totalmente SEGURO de querer ese don? —le preguntó Dioniso.

—¡Segurísimo! —confirmó impaciente el rey.

Así pues, Dioniso lo contentó.

Más feliz que nunca, Midas volvió a ponerse en camino. Durante el viaje, tocaba todo lo que encontraba: flores, hojas, espigas de trigo... Con el más leve toque, todo se convertía en ORO.

De regreso en su palacio, el soberano organizó un gran banquete para celebrar aquel PRODIGIO.

Pero, en cuanto cogió una manzana para darle un mordisco, la fruta se transformó en oro macizo. Y lo mismo sucedió con el pan y con el queso.

—¡Si no puedo comer, al menos servidme algo de beber, deprisa! —CHILLÓ el rey Midas.

Al contacto con sus labios, incluso el agua se convirtió en una CASCADA de oro.

—¡Ah, qué tonto he sido! —lloriqueó—. Esto no es un don..., ¡es un castigo!

Dioniso apareció entonces ante él con expresión SEVERA.

—Y bien, ¿has aprendido la lección?

—¡La he aprendido, la he aprendido! —exclamó el rey Midas—. ¿De qué me sirve una montaña de oro si no puedo comerme una manzana?

Complacido con su reflexión, Dioniso deshizo el encantamiento.

A partir de ese momento, el rey Midas abandonó las **comodidades** de su palacio y se fue a vivir a los bosques.

Allí se encontró con Pan y en su compañía se deleitó con el canto y la música hasta el fin de sus días.

APOLO

Apolo y Dafne

La ENCANTADORA Dafne, ninfa de las aguas, se paró a mirar un pequeño lirio de agua que había crecido, solitario, en la orilla del río y *sonrió*. ¡Cuánto habría deseado vivir como aquella flor delicada, sola y tranquila en la naturaleza **exuberante**!

Era una espléndida mañana de verano y Dafne estaba paseando cuando, de repente, experimentó una extraña sensación de amenaza.

El ramaje de los árboles osciló, en el cielo las golondrinas aletearon más... e incluso el zumbido de las nubes de mosquitos sonaba como una oscura advertencia.

Dafne se volvió a la derecha y a la izquierda, pero no vio a nadie. Qué tonta, ¡todo aquello debía de ser fruto de su imaginación!

No sabía que, a pocos pasos de ella, un dios la observaba. Era precisamente de él de quien la naturaleza intentaba ponerla en guardia.

Poco tiempo antes, de hecho, Apolo, dios de la música y de las artes, había decidido descender entre los mortales en busca del amor, la única fuente de inspiración que su canto no conocía aún.

Apolo había explorado toda Grecia, había estado con princesas y reinas, pero todavía no había hallado el verdadero amor. ¿Estaba destinado, pues, a no encontrarlo nunca?

La visión de Dafne alejó de él cualquier duda. ¡Ah, qué adorable muchacha! En cuanto posó su mirada en ella, Apolo ya no pudo dejar de contemplarla.

Entretanto, en el monte Olimpo el dios del amor, Eros, asistía divertido a la escena. Parecía la ocasión propicia para gastar una bromita...

Eros siempre había tenido envidia de la belleza y las numerosas facultades de Apolo. Este era el más **hábil** en todo... ¡y nunca perdía la oportunidad de hacerlo notar!

—¡Olvídate del arco, Eros! —le había dicho unos días antes—. ¡Es un arma más adecuada para quien, como yo, es capaz de realizar **grandes** y nobles hazañas!

Eros decidió que había llegado el momento de hacerle cambiar de opinión. Así que agarró su arco y preparó dos flechas especiales: una de oro, con poder para encender el amor, y otra de PLOMO, con poder para rechazarlo.

Luego se montó a horcajadas en una NUBE, apuntó y disparó las dos flechas con tino infalible: con la de oro alcanzó a Apolo y con la de plomo le acertó a Dafne.

El **destino** cambió entonces para siempre. Apolo, que ya se había enamorado de la ninfa, notó que aquel sentimiento crecía más y más en su corazón.

Lleno de esperanza, corrió hasta la ninfa y exclamó:

—¡Adorada mía, por fin te he encontrado!

Pero, al ver a Apolo, ella no sintió más que repulsión y retrocedió aterrorizada.

—¿Por qué te alejas? ¡No huyas de mí! —gritó el dios de las artes.

Por toda respuesta, Dafne echó a correr por la orilla del río tan *veloz* como el viento.

Ella misma no comprendía por qué sentía tal desagrado hacia Apolo, que era GUAPÍSIMO.

Ciertamente, no podía imaginar que había sido alcanzada por una flecha con punta de plomo.

Dafne corrió veloz hasta quedarse sin aliento perseguida por aquel dios que la adoraba.

Cuando Apolo estuvo a un paso de ella, la ninfa comprendió que no tenía escapatoria.

—¡Padre mío, te lo suplico, ayúdame! —invocó.

Entonces, las aguas del río se encresparon, la tierra TEMBLÓ y los pájaros alzaron el vuelo. El dios del río, Ladón, que tanto quería a su hija, había acudido enseguida en su ayuda. Y la salvó de la única forma que sabía.

De repente, Dafne advirtió un **fuerte** picor en todo el cuerpo. Después, sus brazos se prolongaron para formar LARGAS ramas entrelazadas...

Cuando Apolo la alcanzó por fin, en sus

dedos ya no sintió su piel, sino solamente **DURA** corteza.

La ninfa se había transformado en un laurel. Desesperado, Apolo *abrazó* el tronco y lloró amargamente.

Desde entonces, en memoria de la única muchacha que había amado y perdido, siempre lleva una **corona** de laurel.

... AFRODITA ...

Afrodita y Adonis

En el corazón de un BOSQUE de Chipre, una chica corría desesperada. Con el pelo alborotado y arañazos de zarza en los brazos, esquivaba las ramas más bajas, saltaba los arbustos de enebro y resbalaba sobre las hojas del sotobosque.

Aquella muchacha era Mirra, la hija del rey de Chipre. Los perseguidores de los que huía los había mandado su padre, que la acusaba de una grave culpa y buscaba venganza.

En el límite de sus fuerzas, Mirra invocó:

—¡Oh, dioses del bosque, os lo imploro, ayudadme vosotros!

Y su súplica fue escuchada.

Su piel se volvió dura y se cubrió de una **gruesa** corteza, el cuerpo se le alargó y se convirtió en un tronco nudoso, los pies se le hundieron en la tierra como **profundas** raíces.

Se había transformado en un árbol, que rezumaba lágrimas de resina amarga.

Ni los dioses del Olimpo ni sus perseguidores sabían que Mirra ocultaba un secreto...

Unos meses más tarde, en el bosque se oyó un llanto.

—¡Un recién nacido! —dijeron las ninfas de los bosques—. ¡Un recién nacido está llorando!

Se pusieron a buscar al pequeño inspeccionando el bosque a lo largo y a lo ancho.

Al fin lo encontraron a los pies de un árbol. En su corteza había una larga hendidura, de la que brotaban relucientes lágrimas de resina que desprendían un dulce perfume.

¡Aquel árbol era la propia Mirra y el recién nacido era su *hijo*!

Una ninfa cogió al pequeño en brazos y se puso a acunarlo.

—¡Ah, qué guapo es! —comentó acariciando sus mejillas rollizas y lisas como *pétalos* de rosa.

Y era cierto: aquella criatura era la más hermosa nacida nunca entre los mortales.

Las ninfas lo acogieron con amor, lo MIMARON, lo alimentaron y lo llamaron Adonis.

Los años pasaron y Adonis creció y se convirtió en un joven fuerte, musculoso y aún más atractivo: tenía un **ESPESO** cabello rizado y grandes ojos oscuros y vivaces. ¡Nadie podía resistirse a su ENCANTO!

Ni siquiera Afrodita, diosa de la belleza, que lo vio desde el Olimpo.

Aquel día, Adonis estaba paseando cerca del árbol de Mirra, por el cual sentía una inexplicable ternura.

Atraída por él como una abeja por la miel, Afrodita hizo aparición en el bosque.

Y entonces los pájaros interrumpieron su canto, los zorros y los ciervos dejaron de correr, incluso los árboles acallaron su ramaje para admirar a aquella criatura DIVINA. La belleza de Afrodita era tan deslumbrante que, a su lado, incluso las estrellas del cielo palidecían.

Y Adonis, de hecho, se enamoró perdidamente de la diosa a primera VISTA, igual que ella se había enamorado de él.

Desde aquel momento, Afrodita y Adonis empezaron a pasar todo el tiempo juntos.

Subyugada por aquel dulce amor, la diosa empezó a descuidar a aquel a quien tiempo atrás le había prometido su corazón.

Se trataba de Ares, el dios de la guerra, que la amaba **apasionadamente**.

Ares se dio cuenta de que algo no iba bien: Afrodita había dejado de buscar su compañía y encontraba infinitas excusas para visitar a los MORTALES. En concreto, corría por un bosque en el que vivía cierto joven...

¡Ah, luego era verdad! ¡Su dulce Afrodita pensaba ya en otro!

ARDIENDO de celos, el dios de la guerra decidió castigar a su rival.

Adoptando el aspecto de un **poderoso** jabalí, se escondió en el bosque e indujo a Adonis a perseguirlo. Pero, cuando el joven se le acercó, el jabalí, rápido y feroz, lo atacó con sus colmillos AFILADOS.

En cuanto supo lo ocurrido, Afrodita, furiosa, se lanzó contra Ares.

—¡No tienes corazón! —gritó desesperada. Luego les habló a los demás dioses—: ¡Concededme al menos que transforme a mi amado en una *flor* que se le parezca!

Y el cuerpo de Adonis se convirtió en un arbusto de espléndidas anémonas rojas para que pudiera crecer en *primavera*, una y otra vez, sin perder nunca su belleza.

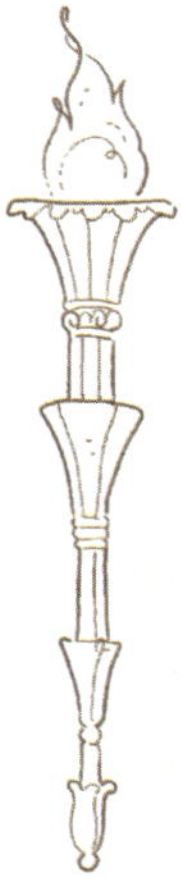

HERACLES

Los doce trabajos de Heracles

Desde muy pequeño, Heracles demostró que poseía una fuerza prodigiosa. Cuando todavía estaba en la cuna, la diosa Hera mandó a dos malvadas serpientes para que se enrollaran en él con sus espiras, pero él las trituró entre sus manitas regordetas en menos de lo que se tarda en contarlo.

Aquel don **extraordinario** era una señal de que Heracles era hijo de Zeus. Pero no era completamente DIVINO, pues por sus venas corría también sangre de la mortal Alcmena. Precisamente por eso Hera, mujer de Zeus, no sentía ninguna *simpatía* por él...

Los doce trabajos de Heracles

Heracles no sabía nada de sus orígenes divinos. Creció en las montañas, donde aprendió

a manejar la espada, a disparar con el arco e incluso **MEDICINA**. Se convirtió en un joven de buen corazón, LEAL y muy valiente.

Un día que sintió curiosidad por conocer su destino, Heracles visitó el oráculo de Delfos.

La respuesta de Apolo no se hizo esperar:

—Te aguardan muchas pruebas en tu camino. Ve a Tirinto, la ciudad de las grandes murallas. Allí, el rey Euristeo te dirá lo que hacer.

Emocionado, Heracles hizo el VIAJE y se presentó ante el soberano.

En cuanto posó la mirada en él, Euristeo dio un respingo. ¡Nunca había visto a nadie de aquella envergadura y con aquellos músculos! Ya se encargaría él de ponerlo a prueba...

—Tengo una **misión** que encomendarte, Heracles —le anunció—. Mejor dicho, doce. Son hazañas arriesgadas. Para superarlas necesitarás toda tu fuerza, ¡pero no te bastará! También tendrás que demostrar inteligencia y valentía. Si las llevas a cabo, serás un héroe inmortal.

Heracles asintió, fiero. ¡No dejaría escapar aquella ocasión por nada en el mundo!

Partió aquel mismo día armado con una maza, una espada y un arco con sus flechas.

El primer **desafío** que lo esperaba era abatir al león de Nemea, una fiera monstruosa cuya piel no podían rasgarla ni el bronce, ni el HIERRO ni la piedra.

Heracles fue a buscarlo a su guarida, una cueva en el monte Treto. Pero, al no poder herirlo de ningún modo con sus armas, ideó una ESTRATAGEMA. Con la maza, hizo retroceder al león hasta el interior de la cueva.

Y cuando la fiera estuvo con la espalda contra la pared, se arrojó sobre ella con las manos desnudas. Venció gracias a su fuerza.

En señal de reconocimiento por haberlo librado de aquel **feroz** monstruo, el pueblo de Nemea le donó a Heracles la piel del león. Con ella, él se fabricó una armadura invencible.

El segundo TRABAJO que Heracles tuvo que afrontar fue eliminar a la hidra de Lerna, una terrible criatura de nueve cabezas que aterrorizaba a los mortales y los rebaños.

Para aquella proeza, el joven héroe recurrió a la ayuda de su buen amigo Yolao.

Encontraron a la hidra en su refugio, un pantano con un olor fétido en el que resonaban oscuros lamentos.

Con el fin de hacerla salir de su escondrijo, Heracles empezó a arrojarle una lluvia de flechas de fuego.

Cuando la hidra avanzó con sus nueve cabezas **AMENAZADORAS**, Heracles empezó a cortárselas limpiamente con la espada.

Pero resultó que, en cuanto le rebanaba una cabeza, inmediatamente le crecían otras dos.

—¡Rápido, usa el **FUEGO**! —le pidió entonces a Yolao.

Su compañero encendió una rama **seca** y se acercó; entonces, cada vez que Heracles cortaba una cabeza, Yolao quemaba la herida antes de que de ella pudiese surgir otra.

Su ***intuición*** funcionó. Golpe tras golpe, de las nueve cabezas solo quedó una, la del medio, capaz de resistir incluso la llama.

Con un único y **PODEROSO** espadazo, Heracles terminó con la fiera y enterró la cabeza bajo una roca para que así no pudiese crecer de nuevo. La hidra de Lerna estaba definitivamente derrotada.

El trabajo siguiente requirió, una vez más, toda la **ASTUCIA** de Heracles. Euristeo le pidió que capturara a la cierva de Cerinea, una tímida criatura con cuernos de ORO y pezuñas de plata, para llevarla a un lugar protegido.

Heracles pensó que podría atraparla por **CANSANCIO**. Durante días enteros no hizo más que perseguirla por bosques y valles, hasta que la cierva, exhausta, cayó DORMIDA. También el cuarto trabajo le salió bien: Heracles atrapó al feroz jabalí de Erimanto allí donde la nieve había caído en abundancia. El quinto trabajo consistía en que Heracles limpiara las **enormes** cuadras del rey Augías, que albergaban a doscientos caballos, trescientos toros negros y doce toros de pelaje plateado.

¡Era imposible limpiar aquellas cuadras y un hedor INSOPORTABLE se había adueñado de toda la región!

También en ese caso Heracles le pidió ayuda a su fiel Yolao. Juntos, avisaron a la población para que se alejara, soltaron a los animales y los trasladaron a un lugar SEGURO.

Tras hacerlo, con la sola fuerza de sus manos, Heracles empezó a echar abajo las cuadras y los corrales. Bajo sus potentes puños, las construcciones se desmoronaban como castillos de arena.

Heracles corrió después a las orillas de los ríos Alfeo y Peneo. Haciendo palanca con sus brazos COLOSALES, desvió su curso e hizo discurrir la poderosa masa de agua hacia las tierras de Augías, que así se limpiaron.

Para alegría de todos, el aire volvió a estar puro y las tierras pudieron cultivarse.

Siguieron otras tres pruebas de **fuerza** y estrategia: librarse de las monstruosas y letales aves del Estínfalo, domar al toro escupefuego de Creta y capturar a las **YEGUAS** carnívoras del gigante Diomedes. Con coraje, Heracles fue superándolas una a una.

Pero fue el noveno trabajo el que le llegó al *corazón*. Euristeo le pidió que robara el cinturón de oro de Hipólita, reina de las amazonas, las temerarias guerreras que combatían a caballo. Quien poseyera aquel cinturón **ENCANTADO** sería invencible en el combate, por eso lo deseaba Euristeo.

Pero cuando los ojos de Heracles se cruzaron con los de Hipólita, quedó prendado de ella. La reina era fiera y **TEMERARIA**, y supo hacerle frente como nadie hasta entonces.

Así que ocurrió lo que nadie había previsto: se enamoraron el uno de la otra.

Entonces, en la cima del monte Olimpo, la diosa Hera se ENFURECIÓ.

Desde el principio había seguido los trabajos de Heracles confiando en que fracasara, ¡no podía tolerar que pudiera llevar a cabo cada hazaña con tanta facilidad!

Así que se disfrazó de amazona, fue al reino de las guerreras e hizo correr el rumor de que Heracles quería engañar a la reina Hipólita.

—¡Solo quiere robarle el cinturón de oro! —decía.

Ultrajadas, las amazonas empuñaron las armas y corrieron hacia Heracles.

Al verlas llegar, aguerridas y listas para el ataque, Heracles pensó que lo habían traicionado, ¡que Hipólita no lo amaba en absoluto! ¡Se había burlado de él para hacerlo PRISIONERO!

Dolido y amargado, decidió ir hasta ella. Luego, sin decir palabra, le arrancó el cinturón de oro de su vestidura y partió de inmediato.

Todavía le quedaban tres trabajos por afrontar ¡y tenía claro que su corazón herido no sería un OBSTÁCULO!

Le hizo falta toda su pericia para realizar las últimas HAZAÑAS, entre ellas robar los bueyes rojos de Gerión; capturar a Cerbero, el terrible perro de tres cabezas, guardián del mundo de ultratumba; y la más arriesgada de todas, robar tres manzanas de oro del jardín de las Hespérides, hijas de la noche, sin tocar personalmente sus frutos.

Heracles pensó pedirle ayuda a su padre, Atlas, el titán que sostenía el peso de la bóveda celeste sobre sus hombros, ¡solo él tenía acceso a aquel jardín!

Cuando Heracles lo vio, grande como una montaña, doblado por aquel peso increíble, se le ocurrió una IDEA genial.

—¡Ese cielo parece muy pesado! —le dijo—. ¿Quieres que te releve un rato?

Atlas lo miró ESTUPEFACTO y le preguntó:

—¿Lo dices en serio?

—¡Si me traes tres manzanas del jardín de las Hespérides, sostendré el cielo en tu lugar! —le propuso Heracles.

Atlas no se lo hizo repetir y pasó la inmensa mole celeste a los hombros de Heracles.

—¡Ah, qué liberación! —exclamó el titán estirándose con ALIVIO.

Tras lo cual corrió a coger las manzanas. Pero, cuando volvió, no tenía ningunas ganas de retomar su PENOSA tarea.

—Lo siento, pero yo ahí abajo no vuelvo —declaró—. ¡Ahora el cielo es tuyo!

Heracles, que no pareció TURBARSE, le dijo:

—De acuerdo, no me importa quedarme. Tan solo permíteme que me enrolle al cuello una venda para que el peso no me moleste...

Entonces, Atlas volvió a cargar con el cielo sobre sus hombros. Heracles, raudo, ¡cogió las tres manzanas de oro y salió corriendo, BURLANDO así al titán!

Cuando concluyó los doce trabajos, Heracles regresó victorioso al reino de Euristeo.

Para llevar a cabo sus hazañas había usado la fuerza, cierto, pero también la astucia y la inteligencia. Por eso lo recibieron con todos los honores y lo proclamaron héroe inmortal.

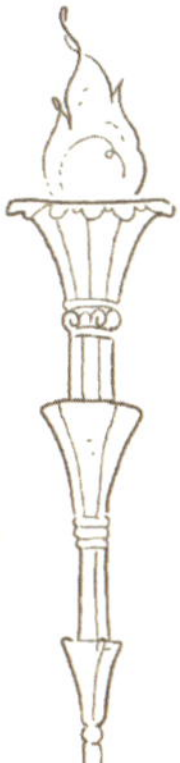

Hera
diosa del matrimonio y de la fidelidad conyugal
Zeus
rey de todos los dioses y señor del Olimpo
Deméter
diosa de los cultivos y las cosechas
Eros
dios del amor
Dioniso
dios de los banquetes y de la diversión
Atenea
diosa de la sabiduría, de las artes y de la guerr
Ares
dios de la guerra
Hefesto
dios del fuego y de la escultura, herrero de los dioses
Apolo
dios del sol, de la música y del arte
Poseidón
dios de los mares
Afrodita
diosa de la belleza

Hermes
mensajero de los dioses
Belerofonte
el héroe que domó al caballo alado
Pegaso y derrotó a la Quimera
Perseo
el héroe que se apoderó
de la cabeza de Medusa
Jasón
el héroe que viajó
con los argonautas
y se apoderó del
vellocino de oro
Teseo
el héroe que
derrotó al Minotauro
Heracles
el héroe más fuerte entre
los mortales, llevó a cabo doce
trabajos para volverse inmortal
Hades
rey del mundo
de ultratumba
Perséfone
reina del mundo
de ultratumba
Orfeo
el héroe que
descendió
al mundo de
ultratumba
por amor
a Eurídice

El mito en la Grecia antigua

La palabra «mito» deriva del griego *mythos*, que significa «relato».

Los mitos son narraciones antiquísimas, se remontan a las raíces de cada civilización: relatos orales transmitidos de generación en generación que dan voz a la visión del mundo que tenían los antiguos y tratan de responder a sus preguntas.

En efecto, desde sus orígenes el ser humano ha intentado explicar los acontecimientos que no acertaba a comprender. ¿Cómo nació el universo? ¿Por qué la vida tiene un principio y un fin? ¿Qué provoca las grandes calamidades en la naturaleza?

Los mitos pretenden responder a estas y a otras muchas preguntas por medio de relatos aventureros y sugestivos, poblados por personajes sobrenaturales:

dioses, monstruos, criaturas mágicas y divinidades de la naturaleza capaces de ejercer su poder sobre la vida de los mortales.

Así, por ejemplo, a la pregunta «¿Por qué caen rayos?», los griegos antiguos respondían: «¡Porque los lanza Zeus!». Mientras que el miedo a la vejez adoptaba para ellos la forma de tres brujas con un solo ojo y un solo diente, el amor era una flecha que traspasa el corazón y las olas salvajes de un huracán se debían al berrinche de un dios irritado.

Los autores de la Grecia antigua transcribieron los mitos orales y los transformaron en obras escritas, interpretándolos cada uno a su manera, por eso puede darse que un mismo mito tenga versiones diferentes.

Las recopilaciones escritas de mitos más completas que han perdurado hasta nosotros son: en prosa, la *Biblioteca* del Pseudo-Apolodoro, que data aproximadamente del siglo II d. C.; y en verso, las *Metamorfosis* del poeta latino Ovidio, del siglo I d. C.

Índice

Geronimo Stilton

Marca en la casilla correspondiente los títulos que tienes de todas las colecciones de Geronimo Stilton:

Colección Geronimo Stilton

❒ 1. Mi nombre es Stilton, Geronimo Stilton
❒ 2. En busca de la maravilla perdida
❒ 3. El misterioso manuscrito de Nostrarratus
❒ 4. El castillo de Roca Tacaña
❒ 5. Un disparatado viaje a Ratikistán
❒ 6. La carrera más loca del mundo
❒ 7. La sonrisa de Mona Ratisa
❒ 8. El galeón de los gatos piratas
❒ 9. ¡Quita esas patas, Caraqueso!
❒ 10. El misterio del tesoro desaparecido
❒ 11. Cuatro ratones en la Selva Negra
❒ 12. El fantasma del metro
❒ 13. El amor es como el queso
❒ 14. El castillo de Zampachicha Miaumiau
❒ 15. ¡Agarraos los bigotes... que llega Ratigoni!
❒ 16. Tras la pista del yeti
❒ 17. El misterio de la pirámide de queso
❒ 18. El secreto de la familia Tenebrax
❒ 19. ¿Querías vacaciones, Stilton?
❒ 20. Un ratón educado no se tira ratopedos
❒ 21. ¿Quién ha raptado a Lánguida?
❒ 22. El extraño caso de la Rata Apestosa
❒ 23. ¡Tontorratón quien llegue el último!
❒ 24. ¡Qué vacaciones tan superratónicas!
❒ 25. Halloween... ¡qué miedo!
❒ 26. ¡Menudo canguelo en el Kilimanjaro!
❒ 27. Cuatro ratones en el Salvaje Oeste
❒ 28. Los mejores juegos para tus vacaciones
❒ 29. El extraño caso de la noche de Halloween
❒ 30. ¡Es Navidad, Stilton!
❒ 31. El extraño caso del calamar gigante
❒ 32. ¡Por mil quesos de bola... he ganado la lotorratón!
❒ 33. El misterio del ojo de esmeralda
❒ 34. El libro de los juegos de viaje
❒ 35. ¡Un superratónico día... de campeonato!
❒ 36. El misterioso ladrón de quesos
❒ 37. ¡Ya te daré yo karate!
❒ 38. Un granizado de moscas para el conde
❒ 39. El extraño caso del volcán apestoso
❒ 40. ¡Salvemos a la ballena blanca!
❒ 41. La momia sin nombre
❒ 42. La isla del tesoro fantasma
❒ 43. Agente secreto Cero Cero Ka
❒ 44. El valle de los esqueletos gigantes
❒ 45. El maratón más loco
❒ 46. La excursión a las cataratas del Niágara
❒ 47. El misterioso caso de los Juegos Olímpicos
❒ 48. El templo del rubí de fuego
❒ 49. El extraño caso del tiramisú
❒ 50. El secreto del lago desaparecido
❒ 51. El misterio de los elfos
❒ 52. ¡No soy un superratón!
❒ 53. El robo del diamante gigante
❒ 54. A las ocho en punto... ¡clase de quesos!
❒ 55. El extraño caso del ratón que desafina
❒ 56. El tesoro de las colinas negras
❒ 57. El misterio de la perla gigante
❒ 58. Geronimo busca casa
❒ 59. ¡A todo gas, Geronimo!
❒ 60. El castillo de las 100 historias
❒ 61. El misterio del rubí de Oriente

- ❒ 62. Un ratón en África
- ❒ 63. Operación Panettone
- ❒ 64. El misterio del violín desaparecido
- ❒ 65. ¡Final de Supercopa... en Ratonia!
- ❒ 66. Misterio en el Prado
- ❒ 67. La mágica noche de los elfos
- ❒ 68. La competición de los Supercocineros
- ❒ 69. El extraño caso del ladrón de chocolate
- ❒ 70. El extraño caso de los granos azules
- ❒ 71. La caza del Libro de Oro
- ❒ 72. El misterio de las siete matrioskas
- ❒ 73. El tesoro de Rapa-Nui
- ❒ 74. Hay un pirata en internet
- ❒ 75. El secreto de Leonardo
- ❒ 76. Unas vacaciones terribles en Villa Roñosa
- ❒ 77. El misterio del Papiro Negro
- ❒ 78. Alarma... ¡Ratón al agua!
- ❒ 79. Cita con el misterio
- ❒ 80. ¡Ay, ay, ay, qué aventura en Hawái!
- ❒ 81. La noche de las calabazas lobo
- ❒ 82. ¡Ya te daré yo miel, Stilton!
- ❒ 83. Se busca entrenador para las olimpiadas
- ❒ 84. El fantasma del Coliseo
- ❒ 85. Cumpleaños... ¡con misterio!
- ❒ 86. Medianoche escalofriante en el Castillo de la Calavera
- ❒ 87. El misterioso Ojo del Dragón
- ❒ 88. Los gigantes de las Colinas Chocolate
- ❒ 89. Cena con misterio
- ❒ 90. El oasis de los dromedarios escupidores
- ❒ 91. Un amor escalofriante
- ❒ 92. Gran misterio en el centro comercial
- ❒ 93. El extraño caso del ladrón de basura
- ❒ 94. El secreto de los tres samuráis
- ❒ 95. Persecución en Nueva York
- ❒ 96. El misterio de la góndola de cristal

Libros especiales de Geronimo Stilton

- ❒ En el Reino de la Fantasía
- ❒ Regreso al Reino de la Fantasía
- ❒ Tercer viaje al Reino de la Fantasía
- ❒ Cuarto viaje al Reino de la Fantasía
- ❒ Quinto viaje al Reino de la Fantasía
- ❒ Sexto viaje al Reino de la Fantasía
- ❒ Séptimo viaje al Reino de la Fantasía
- ❒ Octavo viaje al Reino de la Fantasía
- ❒ Rescate en el Reino de la Fantasía (9.º viaje)
- ❒ Reconquista del Reino de la Fantasía (10.º viaje)
- ❒ El Gran Secreto del Reino de la Fantasía (11.º viaje)
- ❒ La Isla de los Dragones del Reino de la Fantasía (12.º viaje)
- ❒ Las siete pruebas del Reino de la Fantasía (13.º viaje)
- ❒ Los guardianes del Reino de la Fantasía (14.º viaje)
- ❒ El rescate de Imaginaria (15.º viaje)
- ❒ La gran invasión de Ratonia
- ❒ El secreto del valor
- ❒ El Gran Libro del Reino de la Fantasía
- ❒ El Gran Regreso al Reino de la Fantasía
- ❒ Viaje en el Tiempo
- ❒ Viaje en el Tiempo 2
- ❒ Viaje en el Tiempo 3
- ❒ Viaje en el Tiempo 4
- ❒ Viaje en el Tiempo 5
- ❒ Viaje en el Tiempo 6
- ❒ Viaje en el Tiempo 7
- ❒ Viaje en el Tiempo 8
- ❒ Viaje en el Tiempo 9
- ❒ Viaje en el Tiempo 10
- ❒ Misión Dinosaurios
- ❒ Misión Piratas
- ❒ Misión Olimpo
- ❒ Misión Pirámides

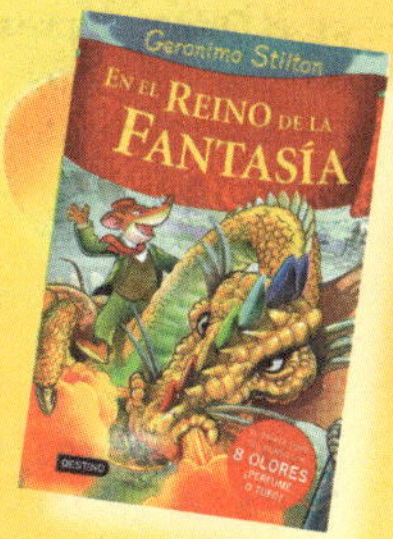

Grandes historias Geronimo Stilton

- ❒ La isla del tesoro
- ❒ La vuelta al mundo en 80 días
- ❒ Las aventuras de Ulises
- ❒ Mujercitas
- ❒ El libro de la selva
- ❒ Robin Hood
- ❒ La llamada de la selva
- ❒ Las aventuras del rey Arturo
- ❒ Los tres mosqueteros
- ❒ Tom Sawyer
- ❒ Los mejores cuentos de los hermanos Grimm
- ❒ Peter Pan
- ❒ Las aventuras de Marco Polo
- ❒ Los viajes de Gulliver
- ❒ El misterio de Frankenstein
- ❒ Alicia en el País de las Maravillas
- ❒ Sandokan. Los tigres de Mompracem
- ❒ Veinte mil leguas de viaje submarino
- ❒ Heidi
- ❒ Moby Dick
- ❒ Colmillo Blanco
- ❒ Las aventuras de Robinson Crusoe
- ❒ El jardín secreto
- ❒ Canción de Navidad
- ❒ Las aventuras del Corsario Negro
- ❒ Las aventuras de Pollyanna
- ❒ Las aventuras de Sherlock Holmes
- ❒ Aquellas mujercitas
- ❒ La Flecha Negra
- ❒ Viaje al centro de la tierra
- ❒ La Reina de las Nieves
- ❒ Las aventuras de Huckleberry Finn
- ❒ La isla misteriosa
- ❒ Don Quijote de la Mancha
- ❒ Las aventuras de Arsène Lupin
- ❒ Los mayores mitos griegos

Tea Stilton Colección Tea Stilton

- ❒ 1. El código del dragón
- ❒ 2. La montaña parlante
- ❒ 3. La ciudad secreta
- ❒ 4. Misterio en París
- ❒ 5. El barco fantasma
- ❒ 6. Aventura en Nueva York
- ❒ 7. El tesoro de hielo
- ❒ 8. Náufragos de las estrellas
- ❒ 9. El secreto del castillo escocés
- ❒ 10. El misterio de la muñeca desaparecida
- ❒ 11. En busca del escarabajo azul
- ❒ 12. La esmeralda del príncipe indio
- ❒ 13. Misterio en el Orient Express
- ❒ 14. Misterio entre bambalinas
- ❒ 15. La leyenda de las flores de fuego
- ❒ 16. Misión flamenco
- ❒ 17. Cinco amigas y un león
- ❒ 18. Tras la pista del tulipán negro
- ❒ 19. Una cascada de chocolate
- ❒ 20. Los secretos del Olimpo
- ❒ 21. Amor en la corte de los zares
- ❒ 22. Una aventura en el Caribe
- ❒ 23. Misterio en Hollywood
- ❒ 24. Acampada en Madagascar
- ❒ 25. Carnaval en Venecia
- ❒ 26. Persecución en el hielo
- ❒ 27. El tesoro perdido
- ❒ 28. Dos corazones en Londres
- ❒ 29. Misión Niágara
- ❒ 30. Princesas en Viena
- ❒ 31. El canto de las ballenas
- ❒ 32. Sueño de amor en Lisboa
- ❒ 33. A la caza del tesoro en Roma
- ❒ 34. La leyenda del jardín chino
- ❒ 35. El secreto de la Selva Negra
- ❒ 36. Destino Malasia
- ❒ 37. El secreto de Florencia
- ❒ 38. Viaje a México
- ❒ 39. El tesoro de Cartago
- ❒ 40. En Barcelona con un gran chef
- ❒ 41. La leyenda del fantasma irlandés
- ❒ 42. El sol de medianoche
- ❒ 43. La gruta de las estrellas
- ❒ 44. Vacaciones en la Costa Azul
- ❒ 45. Aventura en los EE. UU.
- ❒ 46. Gran baile en el castillo
- ❒ 47. Encuentro en Bruselas
- ❒ 48. Persecución en Argentina
- ❒ 49. El secreto del oro puro
- ❒ 50. El ladrón de la isla azul
- ❒ 51. El misterio de las piedras mágicas

Vida en Ratford

- ❒ 1. Escenas de amor en Ratford
- ❒ 2. El diario secreto de Colette
- ❒ 3. El club de Tea en peligro
- ❒ 4. Reto a paso de danza
- ❒ 5. El proyecto supersecreto
- ❒ 6. Cinco amigas y un musical
- ❒ 7. Camino a la fama
- ❒ 8. ¿Quién se esconde en Ratford?
- ❒ 9. Una misteriosa carta de amor
- ❒ 10. El sueño sobre hielo de Colette
- ❒ 11. ¡Un, dos, tres... se rueda en Ratford!
- ❒ 12. Top model por un día
- ❒ 13. Misión mar limpio
- ❒ 14. El club de las poetisas
- ❒ 15. La receta de la amistad
- ❒ 16. El gran baile con el príncipe
- ❒ 17. El fantasma del Castillo del Halcón
- ❒ 18. Todas podemos ser campeonas
- ❒ 19. Más que amigas... ¡hermanas!
- ❒ 20. Una boda de ensueño
- ❒ 21. Salvemos a los animales
- ❒ 22. El concierto del corazón
- ❒ 23. Mil fotos para una top model
- ❒ 24. El tesoro de los delfines azules
- ❒ 25. La lección de belleza
- ❒ 26. Una noche mágica en la nieve
- ❒ 27. Este caballo es un tesoro
- ❒ 28. Cinco jugadoras de fútbol
- ❒ 29. Un desfile de moda para Colette
- ❒ 30. Pasteles con corazón
- ❒ 31. Cinco diseñadoras de moda
- ❒ 32. Pasión por el baile
- ❒ 33. Una regata para cinco
- ❒ 34. Las notas del corazón
- ❒ 35. Un cachorro busca casa
- ❒ 36. El secreto de las mariposas
- ❒ 37. El mágico espectáculo de los colores
- ❒ 38. El espejo de la sirena
- ❒ 39. Un sueño a paso de danza
- ❒ 40. La carta secreta
- ❒ 41. El trofeo de la amistad
- ❒ 42. Unidas por la moda
- ❒ 43. Operación Gran Baile
- ❒ 44. Misterio en el faro de las gaviotas
- ❒ 45. El jardín de los secretos
- ❒ 46. Fiesta de Halloween
- ❒ 47. Soñando con la victoria

Geronimo Stilton

Poseidón
Apolo
Hefesto